ÂF191808

Kommt ein Rentier aus

Northtulltra geflogen

© 2024 Christine Stutz
Verlag: BoD · Books on Demand GmbH,
In de Tarpen 42, 22848 Norderstedt
Druck: Libri Plureos GmbH,
Friedensallee 273, 22763 Hamburg
ISBN: 978-3-7693-1515-8

*Northtulltra- Ein mystischer Ort, hoch im Norden Alaskas. Eine Oase inmitten der unwirklichen Natur. Bestehend aus drei Dörfern, die einander verbunden sind. Man kennt sich. Man bleibt unter sich.*

*Kaum ein normaler Sterblicher hat diesen Ort je erblickt. Denn dieser Ort ist besonderen Menschen vorbehalten. Menschen, die noch Glauben können. Glauben an Wunder und besonderen Lebewesen. Die nicht nur sehen, was sie kennen und ihnen die Schulweisheit gepredigt hat.*

*Northtulltra- Dort lebt ein besonderes Volk von Menschen. Sie trotzen der feindlichen Natur. Aus gutem Grund. Menschen, die ein Geheimnis wahren. Sie hüten die letzten fliegenden und sprechenden Rentiere auf der Welt. Aufgabe und Fluch, Verantwortung und Bürde gleichzeitig. Denn solch eine Aufgabe macht einsam. Man muss das Geheimnis wahren und lebt deshalb isoliert. Nur ganz selten verirrt sich eines dieser Rentiere in die „Normale" Welt. Denn durch ihre*

*Größe und dem auffälligen Sternzeichen auf der Stirn, unterscheiden sie sich gewaltig von anderen „normalen" Artgenossen.*

*Das größte Ereignis in Northtulltra ist am Heiligenabend das Schlittenrennen. Dort treten alle fliegenden Rentiere gegeneinander an. Jede Familie tritt mit seinen Rentieren an. Die besten, stärksten, schnellsten, so besagt die Legende, ziehen den Schlitten des Weihnachtsmannes. Auch, wenn es diese Legende lange nicht mehr gibt. Diese Ehre möchte jede Familie für sich beanspruchen. Die Ehre, die stärksten, edelsten Tiere zu besitzen.*

------------------------

*Prolog*

„Blöder Arsch. Das hätte er mir auch am Telefon sagen können." Schimpfte ich verärgert. Das waren wieder mal drei verschwendete Stunden gewesen. Ich würde diese Dating-App am besten löschen. Dort trieben sich nur Nieten rum. Das war immerhin der vierte Versuch gewesen für das große Weihnachtsfest meiner Eltern, eine männliche Begleitung zu finden. Doch die Männer, die ich traf, waren alle Loser. Alles Feiglinge.

Alles hatte mit der „Trennung" von Herbert angefangen. Mein Ex-Verlobter hatte es verdient, dachte ich bitter. Herbert war zwölf Jahre älter als ich und hatte mich nicht wie seine zukünftige Frau behandelt. Eher, wie eine seiner Auszubildenden. Oder eine Puppe. Bei Herbert fühlte ich mich fremdgesteuert. Herbert war der Vizechef meines Vaters und es war eigentlich Vater gewesen, der unsere Verlobung arrangierte. Im Nachherein, musste ich zugeben, dass ich damals ziemlich naiv gewesen war. Geschmeichelt von der Aufmerksamkeit des attraktiven Mannes. Und Herbert hatte nur seinen Vorteil gesehen, dachte ich wütend. Ich war die einzige Erbin. Das bedeutete, dass ich das Imperium erben würde. Und Herbert war bereits der Vizechef. Mit unserer Hochzeit wäre er der absolute Boss geworden. Zum Glück hatte ich rechtzeitig die Reißleine gezogen. Aber das war eine andere Geschichte, dachte ich verlegen und konzentrierte mich lieber auf die Straße. Es war spät und es begann zu schneien. Das fehlte mir gerade noch, dachte ich. Ich war keine gute Autofahrerin. Das rächte sich jetzt. Unsicher gab ich auf der glatten Straße Gas. Warum war ich nur auf die Idee gekommen, diese Abkürzung zu fahren? Ich hätte in der Stadt bleiben sollen, statt nachhause zu fahren. Doch irgendwie drängte es mich Heim. Meine innere Unruhe nahm zu. Ich war keine gute Autofahrerin, etwas, dass Herbert oft zu bissigen Kommentaren veranlasste. Und mich noch unsicherer machte.

Plötzlich schrie ich auf. Da stand ein Rentier mitten auf der Straße! Ein Rentier hier in unserer Gegend? Träumte ich? Diese Tiere gehörten doch weit weg in den Norden. Ich bremste und war doch noch zu schnell. ich machte mich auf den Zusammenstoß gefasst. Doch dann wendete das Unglückstier und erhob sich in die Luft! Und das schneller als mein Wagen. Das riesige Rentier landete zwanzig Meter weiter und schien auf mich zu warten. Ich wurde verrückt, keine Frage. Denn ein so großes Rentier hatte ich noch nie gesehen. Und ich war angehende Tierärztin. Also, ich sollte wissen, wovon ich sprach. Schlitternd hielt ich  dem Wagen und öffnete kurzatmig die Fahrertür.  Mein Herz raste vor Aufregung. Was passierte hier mit mir? Und wo kam das Tier hierher? Ich hatte keine Information über ein entlaufendes Zootier.  Hoffentlich war das Tier zahm.  Nicht auszudenken, wenn es mich angreifen würde. Ich hätte meinen Schlagstock mitnehmen sollen. Doch es widerstrebte mir ,den einzusetzen. Das Rentier senkte jetzt seinen mächtigen Kopf und wies auf den eiskalten Boden vor sich. Dort lag ein ohnmächtiger Mann und blutete am Kopf.

*1 Kapitel*


*Vorsichtig näherte ich mich dem Mann. Das Rentier ging vorsichtig ein Stück beiseite. Erleichtert beugte ich mich zu dem Mann. Er sah eigentlich sehr gut aus, dachte ich und strich dem athletischen Mann das helle*

*Haar aus dem Gesicht. Außer der Wunde am Kopf, hatte er sich anscheinend nichts getan. Die Wunde war zum Glück nicht allzu tief. Doch es blutete stark. Das musste ich stoppen. Entschlossen holte ich meine Arzttasche aus dem Wagen. Das Rentier trampelte nervös, als es die Tasche sah. „Keine Angst, Junge. Ich weiß, was ich mache. Ich muss die Blutung deines Herrchens stoppen." Sagte ich beruhigend.*

*„Er ist nicht mein Herrchen. Er ist mein Freund." Hörte ich eine dunkele Stimme hinter mir. „Gut zu wissen, danke." Murmelte ich gedankenverloren. Dann erstarrte ich. Hatte das Rentier etwa mit mir gesprochen? Wurde ich etwa verrückt? Ganz langsam drehte ich meinen Kopf. Ich könnte*

wetten, das Rentier grinste dreckig. „Hast du gerade mit mir gesprochen? Fragte ich ungläubig. Das Rentier schwieg und wies auf dem Mann vor mir. Ich verstand und holte Verbandmaterial aus meinem Koffer. Ich legte einen Druckverband an. Dann versuchte ich, den großen Mann irgendwie in mein Auto zu bekommen. Das war nicht einfach. Der Mann war ziemlich groß und breit, mein Auto ziemlich klein. „Dein Freund macht es mir nicht einfach, Großer." Stöhnte ich und schleifte den ohnmächtigen Mann über den frisch gefallenen Schnee. „Dabei muss er dringend raus aus der Kälte. Ich möchte den Mann gerne mit nachhause nehmen. Es ist dir doch lieber, als wenn ich einen Krankenwagen oder die Polizei rufe, oder? Du bist kein normales Rentier, so viel steht fest." Grummelte ich verärgert. Endlich hatte ich den Mann auf dem Beifahrersitz sitzen. Ich griff den Sicherheitsgurt und schnallte den Mann an. Das Rentier kam zum Auto und steckte seine große Nase in den Wagen. Ein leises Brunften war meine Antwort. Ich wurde verrückt, keine Frage. Der alltägliche Irrsinn hatte mich geschafft. Ich sprach hier mit einem über zwei

Meter großem Rentier. „Also, ich fahre jetzt los. Mit deinem Freund. Aber du passt nicht auf dem Rücksitz. Und dich auf dem Autodach, dass halten die Stoßdämpfer nicht aus." Sagte ich und erwartete allen Ernstes, dass das Tier erneut mit mir sprach.

„Fahre los, Sahra Engel. Ich habe noch zu tun. Ich werde meinen Freund finden. Er ist bei dir in guten Händen." Hörte wieder diese dunkle röhrende Stimme sagen. Das Rentier nahm etwas Anlauf und erhob sich in die Luft. Dann löste es sich vor meinen Augen auf. Sprachlos sah ich in den dunklen Nachthimmel. Hatte ich das alles nur geträumt? Ein Blick in meinem Wagen, zu dem verletzten Mann, sagte etwas anderes, dachte ich müde. Warum musste so etwas immer mir passieren, dachte ich frustriert, während ich Heimfuhr. Ein sprechendes Rentier, dass ausgerechnet mich um Hilfe bat.

So viel hatte ich doch eigentlich nicht getrunken, überlegte ich, während ich die Heizung hochdrehte. Der große Mann war ziemlich ausgekühlt. Er brauchte die Wärme. Ich überlegte, wie ich den Mann aus dem Auto ins Haus bekommen sollte. Es waren ca. zwanzig Meter vom Auto bis zur Haustür. Das war eine Menge für mich kleine Person, dachte ich. Dann ging ein Grinsen über mein Gesicht. Ich wusste, wie ich es anstellen würde.

Mein kleines Haus kam in Sicht. Es war klein, aber ich hatte es mir selbst kaufen können. Nicht vom Geld meiner Eltern. Das war mir wichtig, denn mein Vater nahm es mir immer noch übel, dass ich nicht in seiner Firma arbeitete. Egal. Ich hielt mein Auto vor dem Schuppen und holte die große Schubkarre. Ein Überbleibsel meines Vorbesitzers. Ich wuchtete den großen Mann in die Schubkarre und schob das Teil bis zum Haus. „gut gemacht" Hörte ich die Stimme des Rentieres hinter mir. Das Tier landete neben mir. „Was ich mit deinem Freund mache, weiß ich. Aber was soll ich mit dir anstellen? Du kannst gerne mit ins Haus kommen. Aber wenn du musst, bitte draußen." Scherzte ich halbernst. Konnten Rentiere lächeln? So sah es jedenfalls aus. Das Rentier sah zu, wie ich seinen Freund ins Haus schleifte und auf mein Bett *wälzte. Dann begann ich, ihn auszuziehen. Das war nicht einfach, denn er trug merkwürdige, unbekannte Kleidung. Alles, selbst die Hose, schien aus Wolle hergestellt zu sein. Die Schuhe waren aus weichem Leder. Etwas beklommen warf ich meine Bettdecke über den zitternden Mann.*

*Im Kamin brannte ein Feuer. Ich hinterfragte nicht, wie das Rentier das hinbekommen hatte. Dankbar schälte ich mich aus meinem Mantel und setzte mich auf das Sofa. „Was für ein Glück, dass ihr Kerle im Winter kein Geweih tragt. Statt der hinlänglichen Meinung. Und der vielen falschen Darstellungen. Jetzt zu Weihnachten ist es am schlimmsten. Mit Geweih wärst du nicht ins Haus gekommen, Großer." Sagte ich erschöpft. Auch das Rentier hob müde seinen Kopf. „Mein Name ist Gerro. Nicht Rudolph, falls du das vermutet hast. Rudolph war mein Urahn. Und seine Nase hat nicht geleuchtet. Das ist ein Ammenmärchen. Jetzt bin ich rechtschaffend müde. Lass uns morgen weiterreden. Kümmere dich um Chris. Das ist mein Freund, der in deinem Bett schläft."*

*Sagte das große Tier und rollte sich vor dem Kamin zusammen. Dann schlief es bereits laut schnarchend. Na, dann konnte ich hier schlafen vergessen, dachte ich verärgert. Ich holte eine Decke aus dem Schrank und legte sie liebevoll über das Rentier. Dankbar kuschelte sich das Tier in den warmen Stoff.*

*Ich ging ins Schlafzimmer und untersuchte den schlafenden Man. Seine Kopfwunde war nicht nachgeblutet. Ein gutes Zeichen, dachte ich erleichtert. Ich erneuerte den Verband und schob den Mann weiter ins Bett. Dann entkleidete ich mich und rollte auf die freie Seite des Bettes. Der Mann schlief und würde mich nicht einmal bemerken. Zufrieden rollte ich mich in die Bettdecke. Jedenfalls in das Stück Decke, das der Mann mir übrigließ.*

--------------------

*Schritte aus der Küche, weckten mich am nächsten Morgen. Verwundert sah ich neben mich. Der große Fremde, dieser Chris, schlief noch. Er konnte es also nicht sein. Ich schlich zum Fenster. Dort draußen stand der wichtige Wagen* von Herbert. Ich schreckte zusammen. Wie kam der Mann hierher? Und was wichtiger war, wie kam er in mein Haus? Dann war ich schlagartig wach. Herbert durfte nicht auf Gerro treffen. Was, wenn das Rentier vor Herbert zu Sprechen begann. Herbert würde der Schlag treffen. Danach würde er die Presse alarmieren, da war ich mir sicher. Das war ganz Herbert. Er würde sich feiern lassen. Als Entdecker einer neuen Tiergattung.

Hastig schlüpfte ich in meinen Morgenmantel. Mein Blick ging zum schlafenden Chris. Seine Wunde sah gut aus. Wieder war Lärm zu hören. Entschlossen ging ich und ließ die Schlafzimmertür angelehnt.

Herbert saß mit einem Kaffeebecher in meiner Küche. Sein wütendes Gesicht sagte alles. „Da schläft ein riesiges Monster in deinem Wohnzimmer, Prinzessin. Du weißt, was ich von Tieren im Haus halte." Sagte Herbert grantig. „Und von fremden Männern im Bett meiner Verlobten." Setzte er bitter hinzu. Geräuschvoll trank der steife Mann seinen Kaffee. Er hatte diesen tadelnden Ton, den er schon immer im Gespräch mit mir hatte. Und er nannte mich wieder Prinzessin. Sein „Kosename" für mich. So als sei ich eine kostbare Porzellanfigur, die man in eine Vitrine stellen musste. Das war einer der Punkte gewesen, warum ich damals gegangen war. Frustriert zog ich den Morgenmantel enger um mich und schenkte mir Kaffee ein. „Wir sind nicht mehr verlobt, Herbert. Das war einmal mein größter Fehler. Ich habe jetzt ein eigenes Leben und da gehörst du nicht dazu." Sagte ich, statt einer Begrüßung. „Was mich zu der Frage bringt. Was willst du hier? Und wie kommst du in mein Haus." Fragte ich wütend. Was nahm der Mann sich eigentlich raus. Dann fiel mir etwas anderes auf. „Du warst in meinem Schlafzimmer? Während ich dort schlief? Wie pervers ist das denn! Ich wiederhole. Was willst du hier!" Schimpfte ich los. Das war schon immer so gewesen, dieser steife Mann brachte mich aus der Fassung. Er war meinem Vater so dermaßen ähnlich, dass es schon schmerzte. Wie konnte ich einmal denken, dass ich den Mann lieben würde. Zum Glück hatte sich diese Phase schnell verflüchtigt. Leider nur bei mr, dachte ich verärgert. Herbert hielt an unserer Verlobung fest. Obwohl ich diese vor Monaten aufgelöst hatte. Herbert sah es also anders. Er erhob sich und kam zu mir. Ich ahnte, was er vorhatte, und wappnete mich dagegen.

Herbert blieb dicht vor mir stehen und sah tadelnd auf mich herab. Seine Art, mich einzuschüchtern. „Reden, reden, reden. Das hast du gelernt in den letzten Monaten. Wenigstens stotterst du nicht mehr. Das war peinlich genug. Die Zucker-Prinzessin und dann kein Wort vernünftig rausbekommen. Doch deine Trotzphase hast du anscheinend noch nicht abgelegt. Da braucht es eine strenge Hand. Deine armen Eltern haben dir viel zu viel durchgehen lassen. Deine Mutter ist krank vor Sorge um dich." Sagte er dunkel und hob meinen Kopf mit zwei Fingern an. „Das klang gestern am Telefon aber ganz anders, Herbert. Da wunderte Mama sich, dass mir mein Job gefällt." Wagte ich zu widersprechen. „Psst, habe ich dir nicht gesagt, dass du mich nicht unterbrechen sollst? Ich hasse es. Das weißt du doch,

Prinzessin." Sagte er leise, fast drohend. Diesen Ton kannte ich gut von früher. Wenn er meinte, mit meiner „Erziehung" zu beginnen. Seiner Meinung nach war ich von meinen Eltern vollkommen verwöhnt worden. Verlegen löste ich mich von Herbert und suchte Abstand. Lächelnd beobachtete der Mann mein Bemühen. „Aufsässig wie immer. Ich freue mich, deinen Widerstand zu brechen. Jungfrau bist du wahrscheinlich nicht mehr. Wenn ich an den Mann in deinem Bett denke. Nun, das war zu erwarten. Deine Art der Rebellion, denke ich. Ich hoffe, du hast es genossen." Sagte Herbert vulgär. „Du bist widerlich, wie immer, Herbert." Sagte ich finster.

„Nichts zu danken, Herbert. Es war auch mir ein Vergnügen. Sahra ist eine fantastische Frau." Hörte ich eine dunkle Männerstimme hinter mir sagen. Wie aus dem Nichts, stand dieser Chris in meiner Küche. Mit muskellösen, nackten Oberkörper, seine komische Lederhose locker auf den Hüften. Mir stockte der Atem bei dem Anblick. Jetzt lächelte der Mann umwerfend. „Gerro hat mich geweckt. Er sagte, meine hübsche Retterin braucht dringend meine Hilfe." Flüsterte der Mann mir ins Ohr. Er legte seine starke Hand auf meine Schulter und spürte, wie ich zitterte. Er hob verärgert seinen Kopf und starrte Herbert böse an. „Was bringt es ihnen, wenn sie Sahra einschüchtern, Herbert? Davon kommt sie auch nicht zurück zu ihnen. Sahra hat sich für ein Leben ohne ihre Bevormundung entschieden. Das sollten sie akzeptieren. Ebenso, wie die Tatsache, dass ihre Stellung in der Firma ihrer Eltern gefährdet ist, nehme ich an. Ihre Stellung

hängt von Sahra ab, oder?" Sagte dieser Chris warnend. Beschützend nahm er mich in seine Arme.

„Was fällt ihnen ein! Sie sind ein lächerlicher One-Night-Stand und wagen sich, in Familienangelegenheiten einzumischen? Sahra Engel ist meine zukünftige Ehefrau. Das ist beschlossene Sache!" Schnauzte Herbert los. So laut, dass Gerro verwundert seinen mächtigen Kopf in die Küchentür steckte.

*2 Kapitel*

*„Was sucht das Monster hier? Tiere gehören in Käfige, Stallungen oder auf dem Tisch. Du weißt, wie allergisch dein Vater und ich auf Tierhaare sind. Tiere haben nichts im Haus verloren!" Pöbelte Herbert los. Gerro schnaubte nur. „Was ist denn sein Problem? Hat der heute noch keinen großen Haufen gesetzt? Ich bin da auch immer empfindlich und bekomme schlechte Laune." Scherzte das Rentier gelassen. Ich hielt die Luft an. Was würde Herbert jetzt sagen? Er musste das Tier doch auch Sprechen gehört haben. Voller Panik sah ich von Gerro zu diesem Chris. „Du hast Gerros schlechten Witz verstanden, Sahra Engel? Ist das wahr? Dann stimmen die Legenden also doch." Flüsterte Chris mir überrascht ins Ohr. „Beruhige dich, der Blödmann vor dir kann Gerro nicht verstehen, das können nur ganz besondere Menschen." Chris schob mich Richtung Wohnzimmer. „Wir haben eine Menge zu besprechen, da stören sie, Herbert. Es hat sie niemand eingeladen. Rechtlich gesehen, haben*

sie Hausfriedensbruch begangen. Sie wissen, wo die Haustür ist." Sagte er dann fast drohend. Ein Ex-Verlobter schluckte schwer. er war als Vizechef des größten Zuckerherstellers im Land und war solch harten Ton nur von einer Person gewohnt. Sich selbst. „Sie wollen mir drohen? Ich mach sie fertig. Ich bin Sahras Verlobter. Ich habe das Recht, mich nach ihrem Wohlergehen zu erkundigen. Sie sind nur eine Episode in Sagras Leben. Ich werde sie heiraten. Es ist alles geklärt. Ich habe alles geplant!" Schnauzte Herbert jetzt los. Schnauzen konnte der Mann. Das tat er immer, wenn er nicht weiter wusste. So, wie vor vier Monaten, als ich ihm seinen überteuerten Verlobungsring zurückgab. Bis heute war ich stolz auf mich, diesen Schritt gegangen zu sein. Immerhin war ich drei Jahre lang verlobt mit Herbert. Es hatte meine ganze Kraft gekostet, dem dominanten Mann die Stirn zu bieten und nicht wieder schwach zu werden.

Herbert wollte mich greifen und aus Chris Nähe reißen. Doch schon drängte sich der mächtige Körper von Gerro in die Küche. „Es reicht, Kerl. Du störst meine Kreise. Das geht gar nicht. Raus mit dir." Sagte das Rentier und drängte den pöbelnden Herbert in den Flur, weiter zur Haustür. „Kusch, lass mich in Ruhe, Monster. Das hier ist noch nicht beendet, Sahra! Ich werde mit deinen Eltern sprechen! Dein Vater wird dich anrufen!" Hörte ich Herbert schimpfen. Dann hörte ich die Haustür und es herrschte Ruhe, himmlische Ruhe. Erschöpft sank ich auf den alten Küchenstuhl. Verärgert nahm ich meine Brille von der Nase und versuchte vergebens, die aufkommenden Tränen zu unterdrücken.

-------------------

Dieser Chris schenkte sich Kaffee ein und ließ mich weinen. Geduldig schob er mich ins Wohnzimmer und setzte sich auf das altersschwache Sofa. Es beschwerte sich knarrend über das Gewicht des Mannes. Unbeeindruckt legte Chris seine Füße auf dem Tisch vor sich und schlürfte geräuschvoll seinen Kaffee. Er schwieg sich aus. „Was macht ihre Kopfwunde, Chris? Schmerzt es noch?" Fragte ich irgendwann. Ich hatte genug geweint, beschloss ich und trocknete mein Gesicht im

Ärmel meines Morgenmantels. Das ließ den Mann mir gegenüber leise lachen. „Es wird schnell heilen. Ist nicht meine erste Kopfverletzung, Sahra." Sagte er und tippte sich an den Kopf. Tatsächlich sah die Wunde heute Morgen bereits besser aus, dachte ich überrascht. „Ich muss auch was abbekommen haben. Ich könnte schwören, dass das Rentier spricht. Ich kann das Tier verstehen." Brachte ich das Thema auf dem berühmten Tisch. Jetzt wurde Chris ernst. Er beugte sich zu mir und griff nach meiner Hand. „Und das macht dich einzigartig, Sahra. Es gibt nur noch wenige Menschen, die das können. Selbst in meinem Dorf gibt es nur noch eine Handvoll davon. Ich bin überrascht, dass ausgerechnet du es kannst. Ich meine, wir waren auf der Suche nach jemanden, der uns helfen kann. Gerro und ich sind seit Tagen unterwegs." Erklärte er dann brüchig. Ich nickte nur, während ich seine Wunde überprüfte. Ich spürte, das mehr dahintersteckte, schwieg aber rücksichtsvoll. „Und wo habt ihr übernachtet? So, wie ihr beiden herumlauft, könnt ihr ja nicht ins Hotel. Ich meine, ein Hund im Hotel geht ja, aber ein riesiges

Rentier?" Scherzte ich milde. Suchend sah ich mich um. „Wo steckt dein Freund eigentlich?" fragte ich dann als Chris weiter schwieg.

„Ich nehme an, seinen Darm entleeren und frühstücken. So genau weiß ich es nicht. Vielleicht ärgert er deinen Verlobten noch etwas. Gerro ist sein eigener Herr. Ich vertraue ihm." Erklärte Chris endlich wieder und erhob sich. Er reichte mir seine Hand, meine Kleine verschwand fast in seiner großen. „Ich weiß, Gerro wurde gestern Nacht ärgerlich, als ich dich sein Herrchen nannte. Er scheint ziemlich stolz zu sein." Ging ich auf seinen lockeren Ton ein. „Meine Familie hat Freunde auf der ganzen Welt, Sahra. Wir können bei ihnen wohnen, wenn wir unterwegs sind. Reisen mit Rentier birgt Probleme, das hast du Recht. Gestern Abend waren wir auf dem Weg, Professor Partel zu besuchen. Wir müssen den Mann unbedingt treffen. Es ist sehr wichtig. Doch dann kamen wir einem Verkehrshubschrauber zu nahe und wären fast entdeckt worden. Gerro wollte landen, rutschte aber auf der glatten Straße aus. Den Rest hast du erlebt. Ich knallte gegen einen Baum." Erklärte Chris und lächelte als sein Magen deutlich knurrte. Zeit, Frühstück zu machen, überlegte ich. Es war schön, den Tisch mal für zwei Personen zu decken. Unterhaltung während des Essens war bestimmt angenehm.

„Ich kenne den Professor gut, Chris. Er ist einer meiner Ausbilder in der Tierklinik. Ein strenger, aber gerechter Mann. Wenn du möchtest, fahre ich dich später zu ihm. Er wohnt ganz in der Nähe." Schlug ich vor und wunderte mich, dass ich so viel redete. Normalerweise hatte ich Schwierigkeiten, mit Fremden zu sprechen. Deshalb war früher immer Herbert an meiner Seite gewesen. Um für mich zu sprechen. Doch dieser Chris strahlte ein unwahrscheinliches Vertrauen aus, überlegte ich still. Dankbar nickte der Mann. „Das wäre gut, denn es könnte schwierig werden."

-----------

„Wie kommt eine Frau wie du zu einem Verlobten wie diese Hohlbirne Herbert? Ist der Mann nicht zu alt für dich? Abgesehen von seiner vulgären Art? Was für widerliche Sprüche vorhin." Fragte

Chris jetzt neugierig. Er biss ungeniert in sein drittes Brötchen. Dick mit Marmelade bestrichen. Und er schien immer noch nicht satt zu sein. Ich schenkte Kaffee nach und lehnte mich zurück. „Es war der Wunsch meines Vaters, wenn Herbert ihn auch auf die Idee brachte. Ich muss mit meiner Geburt anfangen. Vater wünschte sich einen Jungen. Was für ein Wunder, jemanden, der sein Zuckerimperium übernehmen würde. Alles, was er bekam, war ich. Ein schwaches, schüchternes Mädchen, das mehr krank als gesund war. Ich bekam kaum einen Satz gerade raus. Hatte keine Freunde. Ich liebte Tiere. Schade nur, dass mein Vater höchst allergisch ist. Also durfte ich nicht einmal einen Hamster haben. In den Ferien durfte ich auf den Bauernhof einer befreundeten Familie. Das hatte zur Folge, dass ich meinem Vater anschließend sechs Wochen nicht mehr sehen durfte. Er nieste schon vom weitem, wenn er mich sah. Als ich vierzehn wurde, musste mein Vater für längere Zeit ins Krankenhaus. Da stellte er Herbert als Vizechef ein. Der Mann verstand es hervorragend, meine Eltern für sich einzunehmen. Er überredete meine Eltern, sich *meiner anzunehmen und mich vorzeigbar zu machen. Die Zuckerprinzessin, so nannte er mich. Zu Anfang ließ ich es mir gefallen. Kontaktlinsen, statt Brille. Angesagte Klamotten und gekaufte Freunde. Herbert bezahlte junge Mädchen, dass sie sich mit mir abgaben. Das fand ich aber erst später raus. Der Mann übernahm Stück für Stück mein Leben. Bald konnte ich nichts mehr ohne seine Zustimmung tun. Selbst als ich eine Einladung zum Abschlussball bekam, mischte der Mann sich ein und überzeugte meine Eltern, dass der Junge kein guter Umgang für mich wäre. Ich musste mit Herbert hingehen. Das war der Abend, da er mich das erste Mal küsste. Es war mein erster Kuss und ich fühlte mich geschmeichelt. Ich glaubte, den Mann zu Lieben. Kurze Zeit darauf, verkündigte Herbert unsere Verlobung. Meine Eltern waren begeistert. Das erste Mal war Vater stolz auf mich." Ich schluckte meinen kalt gewordenen Kaffee. Chris zerrte sich jetzt sein Hemd über die Schultern, es blieb hängen, ich half lächelnd. Irgendwie war es selbstverständlich für mich. Dankbar strich mir der fremde Mann sanft über die tränennasse*

Wange. „Was passierte dann?" Fragte er interessiert. Ich seufzte. „Eigentlich war alles klar. Ich würde Herbert heiraten. Große Ankündigung in allen Zeitungen und Presse. Es sollte das Ereignis werden. Ich war in der Stadt, mein Brautkleid anprobieren, als mich eine junge Frau mit Kinderwagen ansprach. Wie sich rausstellte war sie Herberts Ex-Verlobte und wurde von dem Mann sitzengelassen. Veronica berichtete mir, dass Herbert sich seine Mädchen „erzieht" Sie formt, wenn du verstehst. Und mit mir hatte er da ein leichtes Spiel. Du hast den Mann heute erlebt. Er kann richtig einschüchternd sein. Kurzum, ich löste die Verlobung und ergriff das Studium meiner Wünsche, ich werde Tierärztin. Ich will Vaters Imperium nicht. Soll er damit machen, was er will."

„Hallo, ich bin dann wieder hier. War sehr interessant, deinem Ex-Verlobten zu folgen, Sahra Engel. Der Mann fährt wie ein Irrer. Wo bleibt die Polizei, wenn man sie mal braucht." Sagte Gerro und versuchte, in die Küche zu kommen. Nach dem dritten Versuch gab er es auf.

*Dieser Herbert hat sich auf direkten Weg zu einer riesigen Villa begeben. Ein Protz Bau auf dem großen Hügel. Wozu braucht man so große Häuser. Da lobe ich mir unsere Jurten. Die sind praktischer. Jedenfalls hat Herbert so laut geschrien, dass man ihn draußen hören konnte. Ich musste nicht einmal spionieren. Ich konnte jedes Wort verstehen." Berichtete Gerro schnaubend.*

*„Herbert ist also zu meinen Eltern gefahren und hat gepetzt. Das sieht dem Mann ähnlich. Das hat er schon immer gern getan. Immer, wenn ich den Aufstand versuchte. Dann kam Mutter und es hagelte Drohungen. Oft genug gab es deswegen Stress. Wir sollten verschwinden. Meine Mutter kann jeden Moment auftauchen. Das bedeutet stundenlange Verhöre. Wir werden Professor Patel aufsuchen. Der Mann müsste jetzt in der Universität sein." Sagte ich und zog meinen Morgenmantel fester um mich. „Ich eigentlich auch." Setzte ich frustriert hinzu. Ich verpasste ungern einen Vortrag von dem Professor. „Hast du noch etwas anderes zum Anziehen, Chris? So*

*wirst du Aufmerksamkeit erregen, keine Frage."*
*Sagte ich dann nachdenklich. Die enge Lederhose*
*umspannte einen hübschen Hintern und das*
*bunte Oberteil ließ seine Muskeln erahnen. Keine*
*gute Idee, so in eine vollbesetzte Uni zu*
*marschieren. Chris würde augenblicklich*
*umlagert werden. Das gab meinem Herzen einen*
*kleinen Stich. Wurde ich, Sagra, etwa*
*eifersüchtig? Sofort verscheuchte ich diesen*
*Gedanken. Chris war nur zufällig in mein Leben*
*gestolpert und würde nicht lange bleiben.*
*Bestimmt war er morgen bereits wieder fort. „Ich*
*habe noch eine Jeans und einen Pullover dabei. Ist*
*bei meinem Bündel." Erklärte Chris jetzt seufzend*
*und riss mich damit aus meinen Gedanken. Ich*
*erinnerte mich an den unordentlichen Sack, den*
*ich gestern Nacht in meinem Kofferraum*
*geworfen hatte und nickte. „Das muss reichen,*
*Großer. Hauptsache, wir kommen los, bevor*
*meine Mutter hier aufschlägt." Auf die Frau hatte*
*ich überhaupt keine Lust.*

## 3 Kapitel

*Genervt schritt ich mit erhobenem Kopf durch die Universität. Es wurde leise getuschelt. Chris erweckte trotz der etwas moderneren Kleidung, eine Menge Aufmerksamkeit. Kein Wunder, ein Eins neunzig großer, blonder Wikinger, an der Seite des bekannten Nerds dieser Schule, machte neugierig. Jeder hier fragte sich, wie ich zu solch einem Mann kam. Endlich traute sich Linda, eine gute Bekannte, mich anzusprechen. „Hallo Sahra. Wir haben dich heute vermisst. Du verpasst doch sonst keine Vorlesung." Begann sie und wies dann auf Chris. „Woher hast du den Mann denn? Ich möchte auch so einen haben," Scherzte sie, in der Annahme, ich würde darauf eingehen. Doch ich schwieg, das konnte ich am besten. Das hatte ich gelernt. Wer schwieg, fiel nicht auf.*

*„Ich bedauere, ich bin ein Einzelstück. Und Sahra hat mich im Straßengraben gefunden. Ich lag dort, weil ich mit meinem Rentier abgestürzt bin. Witzige Geschichte." Erklärte jetzt Chris und zeigte auf seine Wunde. Er meinte jedes Wort*

*ernst. Sein lächeln jedoch, verunsicherte die junge Frau. Linda schüttelte verwirrt ihren Kopf. „Soll das ein Witz sein? Dann verstehe ich ihn nicht."*
*Sagte sie und schlich davon. Ich ging weiter, zu Professor Patels Büro. Chris folgte mir mit neugierigem Blick. „Warst du noch nie in einer Universität?" Fragte ich Chris als er wieder vor einem Glaskasten stehenblieb und die Ausstellungsstücke dort bewunderte. „Nicht in so einer großen. Ich stamme aus einem kleinen Dorf, hoch im Norden von Alaska. Wir bleiben unter uns. Nur selten verlässt jemand das Dorf. Dort gibt es eine Schule und Fernkurse über das Internet. So habe ich Professor Patel gefunden und Kontakt mit dem Man aufgenommen. Wir waren beide gestern Nachmittag verabredet. Ich muss mich entschuldigen." Erklärte Chris jetzt mit dunkler Stimme. Ich hörte einige Mädchen leise seufzen. Ja, der Mann sorgte eindeutig für Aufsehen, dachte ich verärgert. Besser, ich fand den Professor schnell. Chris folgte amüsiert meinem Stechschritt und versuchte, nicht allzu neugierig zu wirken.*

Endlich sah ich den Professor in der Tür seines Büros stehen. Der Mann lächelte als er mich kommen sah. „Sahra, ich habe sie heute in meiner Vorlesung vermisst. Die einzige Studentin, die den Kursus ernst nimmt." Sagte der Mann laut und deutlich. Er wusstem wie die anderen Studenten über seine Vorlesungen dachten. Ich jedoch liebte seinen Kursus. Tiere in der Geschichte und Mythen der Welt. Der Mann berichtete über berühmte Tiere der Geschichte. Ich fand es interessant. Tiere waren mehr als nur Vieh. Sie waren die wirklichen Herrscher auf der Erde. „Jedes Tier hat auf der Erde seine Daseinsberechtigung, außer der Mensch." Wiederholte ich eines der Zitate des Mannes. Dann wies ich auf Chris. „Ich war heute leider verhindert. Ich habe gestern Nacht jemanden gefunden, der behauptet, mit ihnen verabredet zu sein." Sagte ich ernst und zog Chris am Ärmel seiner Jacke zu uns. Der Mann flirtete bereits wieder mit einer jungen Studentin im Flur. Verärgert stieß ich ihn ins Büro und schloss die Tür geräuschvoll.

„Entschuldigen sie, dass ich erst jetzt erscheine, Professor Patel. Doch ich hatte gestern einen Unfall. Es ist nicht  meine Art, jemanden zu versetzen." Erklärte Chris endlich und wies auf seine Stirn. Auf das große Pflaster dort. Verwundert runzelte der Professor seine Stirn und überlegte, ob er gerade verschaukelt wurde. Argwöhnisch betrachtete er Chris von oben bis unten. „Eindeutig skandinavischer Abstammung. Sind wirklich der Mann, mit dem ich seit Monaten korrespondiere? Sind sie der Mann, der behauptet aus Northtulltra zu stammen? Nur sehr wenige Menschen sind mit der Sage aus Northtulltra bekannt. Das hat mich neugierig gemacht. Doch als sie gestern nicht erschienen, dachte ich, dass ich einem üblen Scherz meiner Studenten erlegen wäre." Erklärte Professor Partei jetzt etwas freundlicher. Er wusste, ich würde mich nie an einem Scherz beteiligen.

„Du kommst aus Northtulltra? Das erklärt einiges, mein Lieber. Vor allem dein freches Rentier." Murmelte ich und machte mich auf eine Menge Probleme gefasst. Chris lächelte umwerfend, ich *schloss deprimiert meine Augen. Kein Wunder, dass alle meine Kommilitonen so auf dem Mann abfuhren. „Sie haben eines der sagenumwobenen Rentiere dabei?" Fragte jetzt Professor Patel aufgeregt. Ich nickte, ich wollte dass der Professor uns ernst nahm. „Ja, Gerro ist sein Name und er ist der Freund von Chris. Darauf besteht das Tier. Das sagte er mir ausdrücklich." Berichtete ich und biss mir sofort auf die Zunge. Hatte ich jetzt zu viel verraten? „Das Rentier kann sprechen? Und sie können es verstehen, Sahra? Ich wusste schon immer, dass sie etwas besonderes sind, Mädchen. Besser als die anderen Hohlbirnen hier." Sagte der Professor jetzt stolz.*

*„Es wäre nett, wenn ich mich mit dem Professor unterhalten könnte, Sahra Engel. Ich bin deswegen einen langen Weg gereist. Der mit einem Unfall geendet ist." Sagte jetzt Chris mahnend. Ich wurde rot und auch der Professor schwieg verlegen. „Entschuldigen sie, Mister Chris. Aber mit Sahra kann ich stundenlang reden, ohne dass es anstrengend wird. Das habe ich nur*

bei sehr wenigen Menschen. Wir vergessen dann alles andere." Sagte der liebenswerte Mann bedauernd. Chris nickte verstehend. „Wir in Northtulltra nennen so etwas Seelenverwandtschaft. Zwei Menschen, die sich ein Stück der Seele teilen. Ich habe bereits feststellen dürfen, dass Sahra etwas ganz Besonderes ist. Denn ich habe das gleiche Gefühl in ihrer Gegenwart. Und mein Freund Gerro würde nie mit einer Unwürdigen sprechen." Sagte Chris und legte seine Hand auf meine Schulter. Das fühlte sich unglaublich vertraut an, ging es mir durch den Kopf. „Lassen sie das nicht Herbert Miller sehen, Chris. Der Mann behauptet, Sahras zukünftiger Ehemann zu sein. Mich hat der Mann auch schon „besucht", und ich könnte Sahras Großvater sein." Murmelte Professor Patel finster. Dann lächelte der Mann wieder. „Was kann ich für einen Mann aus Northtulltra tun? Sie meiden doch sonst die Außenwelt." Fragte der Mann und brachte das Thema auf den Punkt. Chris nickte und setzte sich. Dann holte er ein altes Buch aus seiner Jackentasche und reichte es dem Professor. „Das ist der Stammbaum von Gerro. Über fünfzig

Generationen. Es gab immer reichlich Nachkommen. Ich rede von männlichen Rentieren." Chris sah meinen frustrierten Blick und lächelte. „Nur die männlichen Rentiere können sprechen und fliegen. Das war schon immer so. Deswegen sind sie kostbar und müssen beschützt werden. Der Sage nach hat Santa Claus die stärksten und klügsten für seinen Schlitten ausgesucht." Erklärte Chris mir dann schief grinsend. „Jedes Jahr gibt es ein großes Schlittenrennen. Dort treten alle Familien, die noch fliegende Tiere haben, an." Erklärte er weiter und wies auf das alte Buch.

Der Professor hatte das Buch durchgeblättert. „Wenn ich es richtig lese, ist ihr Freund Gerro eines von sechs männlichen Rentieren in ihrer Herde. Jedenfalls, was das Fliegen und Sprechen angeht." Sagte der Mann nachdenklich. Chris nickte besorgt. „So ist es. Und Gerro gibt sich große Mühe, doch seine Nachkommenschaft ist immer weiblich. Jetzt das fünfte Jahr in Folge. Und langsam kommt er in die Jahre. Es fällt ihm immer schwerer, seinen „Dienst" zu tun. Deswegen habe ich sie kontaktiert, Professor. Sie sind Experte in nordischer Mythologie. Ihr Buch ist Lehrmaterial in unserer kleinen Dorfschule." Berichtete Chris seufzend. „Schleimer", murmelte ich verärgert. Das der Mann so abfällig über die weiblichen Rentiere sprach, ärgerte mich wirklich. Chris grinste breit, er verstand meine Wut natürlich nicht, dachte ich. Der Professor dafür umso mehr. „Es ist eine uralte Legende, Sahra. Damals zählten Frauen, oder das weibliche Geschlecht nicht viel. Und das hat sich anscheinend in einem so abgelegenen Dorf wie Northtulltra gehalten." Erklärte er tadelnd und sah Chris interessiert an. „Es ist ausgeschlossen, dass Gerros weiblichen Nachkommen seine Fähigkeiten geerbt haben?" Fragte er dann stirnrunzelnd. „Ich meine, die Zeiten ändern sich." Er sah von Chris zu mir. „Wenn ich die Geschichte der Northtulltra richtig in Erinnerung habe, reden die Rentiere nicht mit Frauen. Oder Frauen können es nicht hören. Das hat sich anscheinend auch geändert. Sahra kann mit ihrem Gerro sprechen." Der Professor lächelte als Chris leicht rot wurde. Diese Information hatte er mir verschwiegen, dachte ich jetzt amüsiert.

*„Ich bin der Chef der Rentiertruppe. Und ich war bei jeder Geburt dabei. Zwei der weiblichen Kälber hatten zwar den Stern auf der Stirn. Aber weder reden sie, noch fliegen sie. Es sind normale, weibliche Rentiere. Sie stehen bei ihrer Herde."*
*Erklärte Chris jetzt und überging die Bemerkung des Professors. „Lass mich raten. Die Kerle haben alle eigenen Boxen, mit täglicher Massage und Streicheleinheiten." Rutschte es mir raus. Das war typisch, ging es mir durch den Kopf. „Sie, Professor, sind Experte bei der Vererbungslehre bei Huftieren und haben hervorragende Ergebnisse in den vereinigten Emiraten erzielt. Der Scheich dort hatte doch ähnliche Probleme mit seinen Rennpferden. Ich habe ihre Abhandlung darüber gelesen, sehr interessant. Deswegen habe ich beschlossen, sie aufzusuchen. Ich möchte, dass sie sich das alles Voort ansehen und vielleicht helfen können. Es wäre der erste fremde Besuch in unserem Dorf seit Hunderten von Jahren. Hiermit lade ich sie ein, Northtulltra zu besuchen. Lernen sie die Leute kennen, die die Rentiere von Santa Claus hüten." Setzte Chris scherzend dazu.*

Chris hatte nur den Professor eingeladen, merkte ich erschrocken. Genau genommen hatte der Mann mich vergessen, vergessen seit er mit dem Professor geredet hatte. Das gab mir einen Stich ins Herz. Ich nahm meine Jacke und ging aus dem Büro. Ich wurde hier nicht mehr gebraucht. Beide Männer waren so im Gespräch vertieft, dass sie mich nicht bemerkten. Ich hatte meine Aufgabe erfüllt, ich hatte Chris zu Professor Patel gebracht. Damit war ich fertig. Fraglich, ob ich Chris je wiedersehen würde, überlegte ich still, während ich mein Auto startete. Wahrscheinlich würde dieser gutaussehende Northtulltra Naturbursche ab jetzt beim Professor wohnen. Das bot sich an. Der Professor hatte ein großes Haus mit Garten, der am Waldrand grenzte. Anders als mein kleines Häuschen. Ich wartete zehn Minuten, in der verrückten Hoffnung, Chris hätte mein Fehlen bemerkt und wäre mir gefolgt. Doch dann gab ich frustriert Gas und fuhr Heim. Ich wusste, wer mich dort erwarten würde. Es war nicht der Mann, indem ich mich vom ersten Augenblick verliebt hatte. Seit ich ihm gestern Nacht gefunden hatte.

------------

*Hastig trocknete ich meine Tränen, als ich den eleganten überteuerten Sportwagen vor meinem Haus erkannte. Das konnte nur meine Mutter sein, dachte ich, hatte sie wieder einen neuen Flitzer bekommen. War Vater wieder auf „Geschäftsreise" gewesen und anschließend von seinem schlechten Gewissen gepeinigt worden? Mutter zog jedenfalls immer ihren Vorteil daraus. Aber das war ihre Ehe, nicht meine. Ich schwor mir wieder, so etwas nicht zuzulassen, würde ich einmal heiraten. Das brachte meine Gedanken wieder zu Herbert. Mutter war bestimmt wegen dem Kerl hier. Ich war gespannt, was der Mann, meinen Eltern über meinen gestrigen Besuch berichtet hatte. Ich parkte meinen kleinen Wagen hinter dem Sportwagen und drückte mein Kreuz durch. „Auf in den Kampf, Sahra Engel." Machte ich mir selbst Mut.*

*4 Kapitel*

Mutter saß im kleinen Garten und beobachtete Gerro beim Grasen. Das wunderte mich. Denn es war heute empfindlich kalt und das schätzte meine Mutter nicht besonders. Mutter hob ihren Kopf und ließ ihren Blick abfällig über meine Kleidung gleiten. Etwas, was sie immer geärgert hatte. Solange ich denken konnte. Nie war ich ihrer Meinung nach, elegant genug gekleidet. „Da bist du ja endlich. Du lässt mich warten. Deine Mutter muss sich die Zeit mit einem Rentier vertreiben. Aber das ist kein normales Rentier, das sehe sogar ich. Es ist eines dieser Monster aus Northtulltra." Sagte Mutter, als ich einfach nur schwieg, wie immer. „Du, du weißt von Northtulltra?" Stotterte ich wieder. Etwas, dass ich in der Gegenwart meiner Eltern einfach nicht ablegen konnte. Das Ergebnis von jahrelangen Vorhaltungen und eingeredeten Minderwerts komplexen.

„Immer noch so unsicher? Ich dachte, dass du das endlich abgelegt hättest. Nachdem, was Herbert berichtet hat, hast du es hier richtig krachen lassen. Aber lass uns das drinnen besprechen.

*Dort ist es hoffentlich wärmer." Sagte Mutter mit ihrem leicht arroganten Tonfall. Sie erhob sich und starrte Gerro finster an. „Kann das Vieh reden? Ich möchte wetten, dass es sich über mich lustig gemacht hat." Murmelte sie auf dem Weg ins Haus. Leicht geschockt öffnete ich die Haustür. „Woher weißt du so viel über diese Legende, Mutter? Und zu deiner Information. Ich habe es nicht krachen lassen. Was immer Herbert auch erzählt hat, ist übertrieben." Sagte ich finster und berichtete meiner Mutter, wie ich Chris und Gerro gestern Abend kennengelernt hatte. Zum ersten Mal unterbrach mich meine Mutter nicht. Das glich fast einem Wunder. Sie trank ihren Kaffee und suchte nach den richtigen Worten, so kam es mir vor. „Es gibt einen Grund, warum ich dir nie von deiner Großmutter erzählte, Sahra." Begann sie. „ Es waren die siebziger. Meine Mutter reiste durch die Welt. Egal wohin, nur weg. Nichts hielt die Frau. Meine Mutter war anders als andere Frauen. Wild und freiheitsliebend. Heute würde man es verstehen, damals nicht. Wir waren reich, wem störte es. Sie war ja nicht die Erbin, also hatte sie mehr Freiheiten. Eines Tages kam Mutter*

Heim und berichtete von einem magischen Ort-Northtulltra. Von den Menschen dort und den sprechenden Rentieren. Dort hätte sie die Liebe ihres Lebens gefunden. Gunnar, einen Rentierzüchter. Mutter wollte einen armen Viehzüchter heiraten. Sie beharrte auf ihre Geschichten, es war schlimm. Mein Großvater glaubte, dass meine Mutter Opfer einer Sekte wurde oder Drogen nahm. Er ließ meine Mutter wegsperren. Sieben Monate später wurde ich geboren. Mutter starb wohl bei der Geburt. Es wurde jedenfalls nie wieder über sie gesprochen. Ich wuchs bei meinem Onkel auf und erbte das Zuckerimperium." Berichtete meine Mutter schwer. Es war das erste Mal, dass sie halbwegs vernünftig mit mir sprach, ohne Ironie oder Vorhaltungen. Betreten schwieg ich, und versuchte das alles zu verarbeiten. „Warst du deswegen immer streng zu mir? Weil du befürchtet hast, ich wäre wie Großmutter?" Fragte ich heiser. Mutter nickte. „Als kleines Kind warst du immer unterwegs, hast jede Gelegenheit ausgenutzt zu verschwinden. Oft mussten wir dich stundenlang suchen. Das wollten Vater und ich *unterbinden. Es schien uns gelungen als du dich mit Herbert verlobt hattest. Doch dann löstest du die Verlobung. Und bist in dieses merkwürdige Haus gezogen. Das wäre meiner Mutter würdig." Da war er wieder, dieser vorwurfsvolle Tonfall.*

*„Da rasiere mir doch jemand die Hufe! Unsere Sahra hat Northtulltra-Blut in den Adern. Deswegen kannst du mich verstehen. Das wird Chris glatt aus seinen Fellstiefeln hauen." Hörte ich jetzt Gerros Stimme sagen. Das große Rentier stand plötzlich im Wohnzimmer. Mutters Kopf schoss herum und sie schnappte nach Luft. Hatte sie das Rentier etwa sprechen gehört? „Du hast uns belauscht, Gerro. Wie unhöflich." Sagte ich tadelnd. Gerro sortierte seine Hufe und legte sich vor dem Kamin. „Mag sein. Aber so erfährt man die besten Geheimnisse." Sagte er und schnarchte Sekunden später.*

*Meine Mutter erhob sich schlagartig. Ihr Gesicht war rot angelaufen. „Also Sahra. Wir haben deine Verlobung mit Herbert noch nicht öffentlich dementiert. Vater würde es begrüßen, wenn du deine „Rebellion" endlich beendest und zurückkommst. Du bist die Erbin des größten Arbeitgebers des Landes. Du trägst Verantwortung. Das wurde mir mein Leben lang eingebläut. Ich wuchs damit auf, das die Verantwortung bei mir liegt. Oder glaubst du wirklich, ich hätte deinen Vater aus Liebe geheiratet? Nein, er war der beste Kandidat für die Nachfolge meines Onkels. Ich verabscheute den Mann und hasste unser „Zusammensein". Deswegen war nach deiner Geburt Schluss damit. Dein Vater hätte gerne noch einen zweiten „Versuch" gestartet. Doch ich weigerte mich. Er hatte dich, dass musste reichen." Sagte meine Mutter brutal und kicherte. „Das ist auch der Grund, warum mich Vaters „Geschäftsreisen" nicht stören. Jetzt musst du deinen Platz einnehmen und Herbert heiraten. Er ist der ideale Nachfolger für deinen Vater. Du magst Herbert doch. Und er ermöglicht dir ein sorgenfreies Leben." Lockte Mutter jetzt. Sie wies auf ihr neues Auto.*

*„Netter Versuch, Lady. Aber ich glaube nicht, dass ihre Tochter käuflich ist." Hörte ich plötzlich Chris*

dunkle Stimme sagen. Der Mann stand unvermittelt in der Tür. Er warf seine dicke Jacke achtlos über einen Stuhl und verschwand in der Küche. Dort schenkte er sich gelassen Kaffee ein. Mit offenem Mund starrte Mutter dem Mann hinterher. „Verdammt, wenn alle Männer aus Northtulltra so aussehen, verstehe ich endlich meine Mutter, dass sie dort zurück wollte. Sie ist dreimal aus dem Sanatorium ausgebrochen. Sie wurde immer wieder eingefangen." Sagte Mutter jetzt brüchig. Endlich hatte sie ihre Stimme wiedergefunden. Gerro kicherte. „Chris ist einer der hässlichsten Männer dort. Ihr müsstest seine drei Brüder sehen. Kein Vergleich." Mischte sich jetzt Gerro wieder ein. „Ihr hättet Sahras Großmutter gehen lassen sollen. Sie wurde geliebt, das zeigt deine Existenz, alte Lady. Und wurde bestimmt schmerzlich vermisst." Setzte das Rentier bitter hinzu. Das hatte meine Mutter eindeutig verstanden, denn sie lief hochrot an.

„Was bist du so unhöflich, Gerro? Wer hat dir die Laune verhagelt? So kenne ich dich nicht. Du machst gerade deinem Vorfahr Rudolf Ehre." Rief

*Chris aus der Küche. Schwerfällig erhob sich das Rentier und schüttelte sich. „Unsere Sahra hat Northtulltra-Blut in ihren Adern, hast du das geglaubt? Ist eine Irre Geschichte. Was für ein Zufall, dass ausgerechnet sie uns findet." Sagte Gerro und ging wieder vor die Tür. Chris kam wieder ins Wohnzimmer und sah meine Mutter nachdenklich an. „Wir Northtulltra glauben nicht an Zufälle. Das war Schicksal, Sahra Engel. Du bist mir gesandt worden. Unsere Seelen haben sich gesucht. Und gerade noch rechtzeitig gefunden." Sagte er geheimnisvoll. „ Wir mussten uns treffen." Sagte Chris mit dunkler Stimme. Meine Mutter erhob sich und sah mich streng an. „Lass dich nicht verführen, Kind. Du bist so gut wie verheiratet. Niemand von uns hat die Auflösung eurer Verlobung für voll genommen. Das Aufgebot für Heiligabend steht immer noch. Du bist die Zuckerprinzessin Sahra Engel, vergiss das nie!" Sagte Mutter und sah  von mir zu Chris. „Oder willst du wie deine Großmutter enden? Eingesperrt und vergessen?" Sie griff ihre Jacke und ging. Eine Minute später hörte ich ihren eleganten Sportwagen aufheulen.*

*„Sie geben einfach nicht auf." Sagte ich heiser und kämpfte mit den Tränen. Behutsam nahm mich Chris in seine Arme. Das gefiel mir merkwürdigerweise. Ich war sonst nicht der typ für Umarmungen. Das hatte vielleicht mit meiner freudlosen Kindheit zu tun, überlegte ich jetzt und erinnerte mich an Mutters Bericht. „Hast du mitbekommen, dass sie nichts über den Tod meiner Großmutter gesagt hat? Vielleicht lebt sie noch." Sagte ich jetzt nachdenklich. Chris grinste breit, das sah lustig aus, meine Tränen versiegten. „Das müssen wir rausfinden, Sahra. Wenn sie noch lebt, nehme ich sie mit nach Northtulltra. Dort hat sie ihre große Liebe gefunden, dort gehört sie hin." Sagte Chris versprechend. Liebevoll hob er meinen Kopf und küsste mich. Darauf hatte ich den ganzen Tag gewartet, fiel mir auf. Ich erwiderte den Kuss und wünschte, er würde nie enden.*

--------------------

*Ich erwachte allein in meinem Bett. Chris war also bereits wieder auf den Beinen. Ich hörte Geräusche aus der Küche und warf mir erleichtert den Morgenmantel um. Doch mein freudiges Lächeln verschwand augenblicklich.*

*Herbert stand wieder in meiner Küche. Er legte eine kleine Schachtel auf den Tisch und sah mir finster entgegen. „Der Typ ist ja immer noch hier. Ich dachte, dass deine Mutter Klartext mit dir gesprochen hat. Da komme ich her, um mich mit dir zu versöhnen, und finde dich wieder im Bett mit dem Kerl! Wann gibst du deine Trotzhaltung endlich auf? Werde endlich mal erwachsen, Sahra." Schimpfte der Mann los. Kaum, dass ich den Raum betreten hatte. Wie war der Mann diesmal ins Haus gekommen? Ich hatte gestern Abend alle Türen verschlossen, da war ich mir sicher. Argwöhnisch sah ich auf die kleine Schachtel auf dem Küchentisch. „Ich soll erwachsen werden? Das sagt der Mann, der mit allen, „gekauften Freundinnen" geschlafen hat? Den ich Inflagranti dabei erwischte, wie er gleich zwei davon gleichzeitig vernaschte? Der ein heimliches Kind hat? Mit einer Exverlobten, die er für eine lukrativere Option sausen ließ?" Fragte ich finster. „ Ich glaubte einmal, dich zu lieben.*

*Doch es stellte sich heraus, dass du mich manipuliert hast, Herbert. Seit meinem vierzehnten Lebensjahr hast du darauf hin gearbeitet. Ich hatte nie einen Hauch einer Chance, ein eigenes Leben zu beginnen. Immer hast du alle Entscheidungen für mich getroffen. Du hast mich zu deiner perfekten Marionette gemacht. Zum Glück konnte dir entkommen." Sagte ich bitter schluckend. Mir kamen sämtliche, hässliche Details wieder hoch. „Du kannst deine Psychose-Tricks stecken lassen, Herbert. Ich bin fertig mit dir." Sagte wütend.*

*„Dein neuer Freund anscheinend mit dir auch. Er ist über alle Berge. Samt seinem großen Monster-Rentier. Ich konnte zusehen, wie das Rentier sattelte, aufstieg und weg ritt. Ohne einen Blick zurückzuwerfen. Arme Zuckerprinzessin. Und wieder wurdest du nur ausgenutzt. Du wurdest zurückgelassen. Vielleicht schwanger, denn dumm wie du bist, hast du nicht verhütet, oder?" Sagte Herbert sarkastisch. Ich hob meine Hand und schlug ihn eine heftige Ohrfeige. Dann nahm ich die kleine Schachtel und bewunderte den Ring*

*darinnen. Lächelnd öffnete ich den Mülleimer und warf die Schachtel, samt Inhalt, dort rein. „Du hast reingefunden, du findest auch raus. Und das schnellstens, Herbert. Dich werde ich nie heiraten." Sagte ich und ließ den Mann stehen. Ich hörte ihn fluchend den Mülleimer durchsuchen.*

------------

*Seit zwei Tagen hatte ich nichts mehr von Chris gehört. Auch der Professor war verschwunden. Der Mann hatte alle Kurse abgesagt und hatte seinen Urlaub eingereicht. Auf unbestimmte Zeit. Niemand wusste, wohin. Ich schon, doch ich schwieg. Wem sollte ich denn erzählen, dass es Northtulltra wirklich gab? Das diese sprechenden und fliegenden Rentiere existierten? Man würde mich einsperren, ebenso wie meine Großmutter.*

*Zu der Frau war ich jetzt auf dem Weg. Ich hatte Susan Engel gefunden und war jetzt auf dem Weg, meine Großmutter zu besuchen. Ich würde ihr erzählen, dass sie nicht verrückt war, dass Northtulltra wirklich existierte. Und dass sie mir die wunderbare Gabe des Verstehens vererbt hatte. Ich konnte die Rentiere verstehen. Das erinnerte mich an Chris und mein Herz wurde wieder schwer. warum war der Mann ohne ein Wort gegangen? Warum hatte er mich allein gelassen? Was war geschehen? Tausend Fragen gingen mir immer wieder durch den Kopf. Doch Grübeln brachte nichts. Draußen leuchtete überall die Weihnachtsdeko und erinnerte mich an das große Weihnachtsfest bei meinen Eltern. Das war diesen Samstag. Besser, ich dachte an etwas anderes. Das Seniorenheim, der Ort, wo meine Großmutter jetzt lebte, kam in Sicht. Plötzlich freute ich mich, die Frau kennenzulernen. Neugierig hielt ich vor dem Heim. Es hatte angefangen zu Schneien. Ich nahm es als gutes Omen und betrat das Heim.*

*Freundlich fragte ich an Susan Engel. Ratloses Kopfschütteln war meine Antwort. Man verwies mich an den Leiter des eleganten Seniorenheims. Der Mann bat mich in sein Büro. Dort bot er mir umständlich Kaffee an. „Sie müssen Sahra sein, Susans Enkelin. Susan hat viele Fotos von ihnen. Sie hat bedauert, dass sie sie nie besucht haben.“*

*Erklärte der Mann langatmig. Ich zuckte nervös, etwas stimmte nicht, das spürte ich. „Ja, jetzt bin ich ja hier und würde meine Großmutter gerne kennlernen." Sagte ich so freundlich wie möglich.*

*„Ja, was das angeht, gibt es ein Problem. Ihre Großmutter ist seit heute Nacht verschwunden. Einige Mitbewohner hier behaupten, dass der Schlitten des Weihnachtsmannes sie abgeholt hat. Gezogen von sechs riesigen Rentieren. Das ist natürlich Unsinn. Die alten Leute hier sind größtenteils senil und wir haben fast Weihnachten, das spornt die Fantasie an. Sie verstehen, Miss Engel? Ich habe natürlich bereits eine Vermisstenanzeige gestellt und ihre Eltern informiert." Erklärte der Mann umständlich lang. Ich hatte erfahren, was ich wollte. Chris hatte meine Großmutter geholt. Großmutter war jetzt sicher in Northtulltra. Ich jedoch wurde vergessen. Das war anscheinend mein Schicksal.*

*5 Kapitel*

*Das alljährliche Weihnachtsfest meiner Eltern war im vollen Gange. Meine Eltern hatten weder Geld noch Mühen gescheut. Damit war ihr Geld und die Mühe ihrer Angestellten gemeint. Eine Spezialfirma hatte das riesige Haus und den Park in ein Winter- Weihnachts- Wunderland verwandelt. Überall sah man weißgekleidete Engl oder rote Kobolde herumlaufen und die zahlreichen Gäste verwöhnen. Mir taten diese Angestellten furchtbar leid, denn ihre dünnen Kostüme schützten sie nicht wirklich vor den Minusgraden hier draußen. Doch trotzdem mussten sie tapfer lächeln und die Sektgläser herumreichen. Von dem Anblick bereits genervt, schritt ich die lange Einfahrt, die wegen des frischen Schnees, mit langen Teppichen ausgelegt war, zum Haus. Meine Eltern erwarteten, dass ich mich sehen ließ. Das hier war Tradition, solange ich denken konnte. Das Weihnachts-Zuckerfest der Familie Engel. Das Ereignis des Jahres. Dieses Jahr lautete das Motto „Weiß". Also hatte ich mir ein weißes Abendkleid gekauft. Denn es wurde viel fotografiert.*

Dazu gehörte auch das alljährliche Pressefoto der Familie Engel. Einmal im Jahr mussten wir auf „glückliche Familie" machen. Seit drei Jahren war Herbert mit auf diesen Fotos. Seit er unsere „Verlobung" durchsickern ließ. Die nächste Generation wurden wir betitelt. Genervt betrat ich den riesigen Garten und schreckte fast zurück. Sämtliche Sinne stellten sich auf Gefahr und Panik. Mein Fluchtinstinkt meldete höchste Alarmbereitschaft. Unfähig, alles zu Begreifen, stand ich im Rosen-Pavillon und schluckte hart.

Der Pavillon war zu einer Kapelle umgearbeitet worden! Stühle, hübsch dekoriert, standen links und rechts und bildeten einen langen Gang zu einem improvisierten Altar in der Mitte. Dort, wo im Sommer der große Brunnen sprudelte, stand ein Pastor und suchte in seiner Bibel. Daneben, im überteuerten Smoking, stand Herbert und unterhielt sich angeregt mit dem Pastor. „Was ist hier los, Herbert? Was soll dieser ganze Mist?" Fragte ich ungläubig. Ich musste in einen meiner Albträume gelandet sein, anders konnte ich es mir nicht vorstellen. War das der Grund gewesen, warum meine Mutter auf ein weißes Abendkleid bestanden hatte?

„Da ist ja die glückliche Braut. Gut, dann können wir den Ablauf heute Abend kurz besprechen." Sagte der Pastor und kam auf mich zu. Herbert folgte dem Man, siegessicher lächelnd. Ich wurde wütend, wie nie in meinem Leben. „Seid ihr drei, meine Eltern und du, jetzt vollkommen durchgeknallt? Soll ich dich heute Abend heiraten? Ist das euer verrückter Plan? Wie bist du an meine Papiere für die Sondergenehmigung gekommen?" Fragte ich und wusste plötzlich, warum der Mann in den letzten  Tagen, zwei Mal in meinem Haus war. Er hatte die nötigen Papiere gestohlen. Meine Eltern hatten das alles arrangiert, in der Hoffnung, ich würde der Presse wegen, keinen Skandal riskieren. Doch, wenn sie glaubten, ich würde ihr schmutziges Spiel mitspielen, hatten sie sich geirrt. Heute würde der makellose Ruf der Familie Engel einen großen, schmutzigen Flecken bekommen.

„Die Braut ist nervös, so wie jede andere Braut auch. Kein Wunder, oder in drei Tagen haben wir

Heiligabend. Lassen sie mich mit Sahra einen Moment allein? Wir müssen reden." Sagte Herbert und griff grob meinen Arm. Er tat mir weh, empört schrie ich auf. Argwöhnisch sah das der Pastor, doch Herberts finsterer Blick ließ den Mann gehen. Ich blieb mit Herbert allein zurück. Verärgert löste ich meinen Arm von Herbert und suchte Abstand. „Ich wiederhole. Was soll dieser ganze Mist, Herbert? Glaubst du, dass ich jetzt nachgebe? Weil draußen die Presse und das Fernsehen stehen und auf eine aufregende Neuigkeit warten? Die Zeiten, dass du mich damit erpressen konntest, sind vorbei. Ich scheue keinen Skandal, denn ich habe mich aus diesem Leben zurückgezogen. Ich werde Tierärztin. Sollen meine Eltern mit ihrem Zuckerimperium glücklich werden." Sagte ich laut und freute mich, dass ich nicht ein einziges Mal dabei gestottert hatte. So, wie in früheren Diskussionen mit Herbert. Diesmal gab ich dem Mann nicht die Genugtuung, sich über mich zu amüsieren.

„Du willst dich weigern? Deine Eltern haben sich große Mühe gegeben, dir ein sorgenfreies Leben *zu ermöglichen! Du bist verwöhnt und undankbar, Sahra." Sagte Herbert und griff meinen Arm. Er zog mich dicht vor seinem Gesicht, sein Blick fixierte mich, so wie früher, wenn er mir seinen Willen aufzwingen wollte. „Du wirst gehorchen und mich heute heiraten. Du wirst deine Familie nicht blamieren. Oder du wirst es bereuen." Sagte er dann drohend. Vergeblich versuchte ich, mich von dem aggressiven Mann zu lösen. Sein Griff war hart und schmerzhaft. „Du hast mir nichts mehr zu befehlen, Herbert. Ich bin erwachsen, wie du weißt." Sagte ich trotzdem mutig. Herbert knurrte heiser. „Ich kann dir dein Leben zur Hölle machen, kleine Sahra. Das ist ganz einfach. Angefangen mit deinen Studiengebühren und der Miete für dein lächerliches Haus." Erwiderte Herbert dreckig grinsend. Er wollte mich erpressen, das merkte ich. „Dass finanziere ich vom Erbe meiner Großmutter." Sagte ich triumphierend.    Herbert griff meine Hände. Gewaltsam hielt er mich gefangen. „Über das ich seit gestern Nachmittag die Verfügungsgewalt habe. Das war Teil des Ehevertrages, den dein Vater und ich ausgearbeitet haben. Du bist pleite,* mit einem Anruf von mir bei deiner Bank. Sei also das gehorsame Mädchen, zudem ich dich erzogen habe, und spiel mit. Sonst kannst du Pommes und Burger servieren gehen. Die Zuckerprinzessin geht arbeiten. Was für ein Witz." Sagte er sarkastisch.

„Oder Sahra kommt mit uns. Das kann sie sich aussuchen. Ich bin hier, um die Zuckerprinzessin abzuholen." Hörte ich Chris überaus wütende Stimme hinter mir rufen. „Wärst du so nett, Gerro?" Fragte Chris schneidend. Ich hörte die harten Hufe des Rentieres Anlauf nehmen, näher kommen, dann Herbert aufschreien und den Mann durch den Pavillon fliegen. „Gern gemacht, Chris. Das gibt mächtig Kopfschmerzen. Die hat der Mistkerl verdient. Niemand vergreift sich an unserer Sahra." Sagte Gerro zufrieden.  Das Rentier sah sich grinsend, wie mir schien, um. „So viel Arbeit. Für eine Hochzeit, die nicht stattfinden wird. Fast eine Schande, die Braut zu entführen, oder Chris?" sagte Gerro dunkel röhrend.

„Wie sind sie hier reingekommen!  Es war doch alles gesichert!" Schrie jetzt Herbert wütend. Er wollte wieder nach mir greifen, doch ich wich diesmal aus. „Ja, was willst du hier, Chris aus Northtulltra. Erst verschwindest du Sang und Klanglos, dann lässt du dich fast zwei Wochen nicht sehen und dann spielst du den Retter? Zu deiner Information. Ich brauche keinen Retter, ich bin schon erwachsen." Sagte ich verärgert. Verärgert über mein dummes Herz, dass wieder in Rekordzeit schlug. Kaum das Chris den Pavillon betreten hatte. Chris grinste breit. Er kam den Gang herunter und zog mich, trotz Widerstand, an sich. „Zu der Frage deines Ex-Verlobten. Ich bin ganz einfach reingekommen. Die Sicherheitsleute hielten mich für einen Schauspieler. Das ich hier arbeite." Sagte Chris lächelnd und wies auf seine typische Kleidung. Er nahm seine Fellmütze ab und schüttelte seine langen, silberblonden Haare. „Und zu seiner Frage, Sahra, ich saß zehn Tage im Arrest. Man war von meinem Alleingang zum Professor nicht begeistert. In Northtulltra löst man seine „Probleme" intern, so sagte man mir. Es wurde eine große Versammlung einberufen und das dauerte." Sagte er laut seufzend. „Wir sollten hier verschwinden. Solange es noch geht. Die Sicherheitsleute werden nicht lange abgelenkt sein." Warf jetzt Gerro ein und senkte angriffsbereit seinen Kopf, als Herbert nach seinem Telefon suchte. „Also, Sahra Engel. Willst du heute diesen Waschlappen Herbert heiraten? Oder willst du mit uns kommen. Ins Land voller Abenteuer und Magie?" Fragte Gerro und scharrte nervös mit seinen Hufen.

Ich wickelte meinen Mantel fest um mich. Mein Blick suchte das hochrote Gesicht von Herbert. Wie hatte ich einmal denken können, den Mann zu lieben, überlegte ich. Jetzt ekelte er mich nur an. „Warum bist du so verpicht darauf, mich zu heiraten, Herbert? Was ist dein wahrer Grund?" Fragte ich den wütenden Mann. Dann griff ich Chris Hand und ließ mich von ihm zum wartenden Schlitten führen. Herbert blieb wie erstarrt stehen.

Draußen hatte sich eine Traube von neugierigen Menschen um den Schlitten gebildet. Das uralte Teil war die Sensation des Abends, ging mir durch den Kopf. Er wirkte wie der Schlitten des Weihnachtsmannes. So hatte ich mir das Teil als Kind immer vorgestellt. Vier riesige, nervöse

Rentiere waren davor gespannt. Jetzt wendete das Leittier seinen mächtigen Kopf. „Wird höchste Zeit, das ihr auftaucht! Diese dummen Menschen machen uns verrückt. Jeder fotografiert uns. Du weißt, dass es erneut Ärger geben wird, oder Chris? Das hier ist schon grenzwertig." Sagte das große Tier dunkel. Es schüttelte seinen Kopf und scharrte mit seinen Hufen.

„Der Schlitten ist eine Sensation. Das richtige Weihnachtsgeschenk für meine Tochter. Ich möchte ihn kaufen." Sagte jetzt ein Geschäftspartner meines Vaters. Chris hob mich in den Schlitten und wandte sich dann um. „Sorry, das Teil ist unverkäuflich. Es ist seit Jahrhunderten in Familienbesitz. Es ist besonders, denn er kann fliegen." Sagte Chris jetzt gelassen und erntete Lachen und Applaus. „Wenn sie uns jetzt entschuldigen würden. Ich bin gekommen, um die Braut zu entführen. So etwas gehört doch zu einer zünftigen Hochzeit dazu, oder?" Sagte er weiter und schnalzte laut. Der Schlitten setzte sich in Bewegung. Jetzt kam Herbert aus dem Pavillon. „Haltet sie auf! Sahra darf nicht fahren!" Schrie er hinter mir her. Doch zu spät. Der Schlitten beschleunigte und die Kufen lösten sich vom Boden. Unter ungläubigen Jubel und erstauntem Ausrufen flogen wir los-

------------------------

„Keine Frage, Die Zuckerfamilie gibt immer die besten Weihnachtfeste. Doch dieses Jahr haben sie sich selbst übertroffen. Dieser Trick toppt alles. Wie hat der Mann den Schlitten nur fliegen lassen? Und wann sehen sie ihre Verlobte wieder? Kommt der Schlitten gleich zurück?" Herbert wurde mit den Fragen regelrecht bombardiert. Genervt grub er seine Hände tief in den Hosentaschen. „Ich habe keine Ahnung, werte Gäste. Es wird heute keine Hochzeit geben." Sagte er frustriert. Er musste Mister Engel suchen und Bericht erstatten. Es würde kein frohes Gespräch werden, dass wusste Herbert. Er hatte auf ganzer Linie versagt. Das war seine letzte Chance gewesen. Mit der Hochzeit hätte er alle „Ungereimtheiten" während seiner Firmenführung unter dem Tisch fallen lassen können. Dann wäre er der Chef von allem

geworden. Doch der Traum war jetzt ausgeträumt. Sahras Vater, wütend wie er werden würde, ließ garantiert alles überprüfen. Herbert sah schwarz für seine Zukunft.

*6 Kapitel*

„Aufwachen, Sahra Engel. Wir sind zuhause. Mein zuhause." Weckte mich Chris Stimme lachend. Drei Tage waren vergangen. Wir hatten unterwegs bei „Freunden" von Chris übernachtet. Menschen, die wie ich, Gläubige waren, so hatte Chris es mir erklärt. Dort konnten wir den auffälligen Schlitten verstecken und die Rentiere konnten ausruhen.

Unser Auftritt bei der Weihnachtsfeier meiner Eltern hatte hohe Wellen geschlagen. Zeitungen hatten von einem furiosen Zaubertrick berichtet. Vereinzelt waren Berichte über die Sichtung des Schlittens im Internet aufgetaucht. Wenn Chris zu nahe an bewohnten Gebieten vorbeifliegen musste. Man schrieb das alles glücklicherweise der anherrschten Weihnachtseuphorie zu. Einige hielten alles für einen Werbegag eines berühmten Softdrink-Herstellers. Gut für uns. Lenkte es doch von unserer Reise ab.

Jetzt war ich auf den letzten Kilometer erschöpft eingeschlafen. Kein Wunder, denn jede Nacht lag ich wach neben Chris und fragte mich, wie es so weit kommen konnte, dass ich auf der „Flucht" war. Auf der „Flucht" mit dem Mann, der vom ersten Augenblick mein Herz erobert hatte. Seit ich Chris im Wald liegen sah, schlug mein Herz schneller in seiner Gegenwart. Das war mein Geheimnis, denn, auch wenn wir uns jede Nacht ein Bett oder Heulager teilten, über Gefühle redeten wir nicht.

„Unser Zuhause, Großer. Vergiss das nicht. Meine Familie lebt hier schon länger als deine. Meine Vorfahren haben deine gerettet. Nicht umgekehrt." Weckte mich jetzt Gerros Stimme aus meinen Überlegungen. Das Rentier flog neben dem Schlitten und drehte jetzt lustige

Figuren in der Luft. „Hast ja recht, Freund. Ich vergesse es immer wieder. Dein Urahn hat meinen Vorfahren vor einem mächtigen Schneesturm gerettet." Sagte Chris schief grinsend. Gerro röhrte zustimmend. „Und dafür erhielt er die Gabe des Sprechens und des Fliegens. Vom Weihnachtsmann vergiss das nicht, mein Lieber." Sagte er dann kichernd. „Das ist nicht bewiesen. Das ist nur eine Legende." Warf Chris dunkel lachend ein. „Der allererste Northtulltra-Mann soll ein Magier gewesen sein. Er war mit seiner Frau und seinem Sohn unterwegs als ein Schneesturm die drei überraschte. Ein riesiges Rentier rettete sie und zeigte ihnen einen immergrünen Flecken Land inmitten des ewigen Eises. Aus Dank dafür verlieh der Magier den dort lebenden Rentieren ihre Gaben." Erzählte Chris dann. „Aber nur den männlichen, wenn ich richtig zugehört habe." Sagte ich wieder etwas mürrisch. Denn diese Ungerechtigkeit ärgerte mich. Chris seufzte und ließ den Schlitten sinken. Ein kleines Dorf kam in Sicht. Viele bunte Häuser, in rot, grün oder blau, setzten sich von der weißen Umgebung ab. Ein großer, gemauerter Brunnen inmitten des Dorfes, rundete das gemütliche Bild ab. Männer, Frauen und Kinder liefen geschäftig über den großen Marktplatz. Jetzt blieben sie stehen und hoben alle neugierig ihre Köpfe.

„Das ist Onkel Chris! Onkel Chris kommt Heim" Hörte ich eine aufgeregte Kinderstimme rufen. Aufgeregt winkte der Junge in die Luft. Lachend winkte Chris zurück. „Das ist mein Neffe Gregor. Der Sohn meines ältesten Bruders." Erklärte er dann fröhlich. Gerro flog zu Boden und blieb bei dem Kind stehen. Chris flog ein Stück weiter, zu einem Landeplatz. Dort standen sechs finster aussehende Männer und schienen zu warten. Ich ahnte nichts Gutes. Und richtig.

„Sie erwarten mich bereits, verdammt. Ich hatte gehofft, dich vorher wenigstens zu deiner Großmutter bringen zu können. Du kennst Gerda ja noch nicht. Aber daraus wird jetzt nichts mehr, scheint mir." Sagte Chris frustriert und küsste mich sanft auf die Wange. „Egal, was du zu hören bekommst, Sahra Engel. Ich liebe dich, seit ich in deinem Bett erwacht bin." Sagte er hastig. Dann *landete er den Schlitten gekonnt auf dem großen Platz. „Ich muss dich leider etwas allein lassen, Sahra. Ich habe eine wichtige Verabredung, wie mir scheint." Flüsterte Chris mir zu. Versprechend drückte er meine Hand, dann half er mir aus dem Schlitten.*

*„Christian Hammeln? Du steckst ziemlich in Schwierigkeiten, mein Sohn." Hörte ich eine wütende Männerstimme hinter mir sagen. Chris drehte mich herum. ich stand vor einer älteren Ausgabe von Chris. Eindeutig sein Vater. „Du bist, trotz Flugverbot, losgezogen und verschwunden. Du hast dir ohne Erlaubnis, die Rentiere unserer Nachbarn „ausgeborgt". Aus den Medien haben wir von deinen neusten Aktionen erfahren! Landest mitten in der größten Weihnachtsfeier des Landes mit dem fliegenden Schlitten und entführst die Braut von ihrer Hochzeit! Wann wirst du endlich erwachsen!" Schimpfte der Mann los. „Du wirst landesweit wegen Entführung gesucht! Familie Engel hat Strafanzeige gestellt! Die Familie ist sehr bekannt und die Sache wirbelt viel Staub auf." Schimpfte der Mann weiter. „Das*

klingt ganz nach meiner Familie. Oder eher nach Herbert." Murmelte ich verzweifelt. Ich wusste nicht, dass meine „Entführung" solch eine Menge Ärger mit sich brachte. „Christian Hammeln? Du stehst unter Arrest. Wieder einmal." Sagte Chris Vater grantig. „Von allen meiner Söhne bist du der Schlimmste." Setzte er leise seufzend hinzu. „Du hattest doch Verbot, zu Fliegen. Wie hast du die Rentiere überreden können?" Fragte jetzt ein anderer Mann. Chris grinste breit, schwieg aber zu der Frage. Er wandte sich zu mir und nahm mich kurz in den Arm. „Ich musss den netten Männern hier gehorchen, Sahra. Du musst deine Großmutter also allein aufsuchen. Es ist das dritte gelbe Haus in der dritten Straße. Du wirst es finden. Wenn nicht, frage nach Gerro. Er wird dir helfen." Sagte er leise und küsste meine kalten Lippen. Dann folgte er den streng aussehenden Männern. Ich blieb allein zurück. Wieder einmal allein, dachte ich deprimiert. Zwei junge Männer erschienen, um sich um den Schlitten und die Rentiere zu kümmern. Sie beachteten mich nicht einmal.

*Ich machte mich auf den Weg ins Dorf. Hier war alles weihnachtlich geschmückt. In jedem Fenster standen lustige Wichtel oder Elfenfiguren. Unschlüssig blieb ich am großen Brunnen stehen. Die dritte Straße hatte Chris gesagt. Aber in welcher Richtung war das? Es gingen eine Menge Straßen vom Brunnen ab. Und der Platz leerte sich jetzt zusehends. Es wurde langsam dunkel. Da wollte jeder zuhause am warmen Kamin sitzen. Niemand nahm Notiz von mir, als ich nervös vor dem Brunnen stand. Und zu Fragen traute ich mich nicht. Da war sie wieder, meine große Scheu. Ich sollte mich für eine Richtung entscheiden, überlegte ich mir.*

*„Falsche Richtung, Sahra Engel!" Hörte ich eine sympathische Frauenstimme meinen Namen rufen. Erleichtert drehte ich mich um. Eine nett aussehende, ältere Frau stoppte ihren Lauf und lächelte mir entgegen. „Du bist eindeutig meine Enkeltochter. Das ist nicht zu leugnen. Du siehst aus, wie ich vor über vierzig Jahren. Christian hat nicht übertrieben. Der Mann hat sehr viel von dir erzählt." Sagte meine Großmutter liebevoll und*

nahm mich herzlich in die Arme. „Bist du sicher, dass wir verwandt sind? Solche Freundlichkeit kommt in meiner Familie nicht vor." Scherzte ich, um diesen emotionalen Moment zu überspielen. Ich umarmte das erste Mal meine Großmutter. Ich wünschte, dieser Moment würde nicht enden. „Chris hat mir eine Nachricht zukommen lassen. Das er dich hergeholt hat. Du warst zuhause in Bedrängnis. So schrieb er. Ich machte mich auf die Suche nach dir. Komm es wird kalt. Gehen wir zu mir." Berichtete Gerda weiter. Ich schwieg, glücklich, gefunden worden zu sein. Nicht auszudenken, wenn ich hier herumgeirrt wäre. „Du sprichst nicht viel, oder? Chris erwähnte so etwas. Hat er dich wirklich von deiner Hochzeit entführt? Das hat sich wie ein Lauffeuer herumgesprochen. Dafür hat der gute Mann jetzt eine Menge Ärger am Hals." Sagte meine Großmutter lachend.

„Du bist das genaue Gegenteil meiner Mutter. So fröhlich und aufgeschlossen. Du redest, wie es dir gefällt. Das gefällt mir." Sagte ich nachdenklich. Die Frau war anders als ich sie mir vorgestellt hatte, überlegte ich. Gerda blieb jetzt vor einem Haus stehen und öffnete die Tür. „Ich habe unsere Enkeltochter gefunden, Gunnar. Sie irrte am Marktplatz herum. hast du den Tee fertig? Uns ist kalt." Rief sie durch das Haus. Ein gutmütiges Brummen war ihre Antwort. „Das ist dein Großvater, Sahra. Er ist ebenso wortkarg wie du." Sagte Gerda lächelnd. „Vielleicht lässt du andere Menschen einfach mal zu Wort kommen, Liebes. Dann erfährst du vieles." Sagte eine dunkle Männerstimme lachend. Ein älterer Mann kam in den kleinen Flur. „Sei mir willkommen, Sahra. Chris hat gut daran getan, dich herzuholen. Wir brauchen deine Hilfe. Es war Schicksal, das ihr euch traft." Sagte der Mann liebevoll.

„Chris und Gerro haben mich gerettet. Ich sollte Herbert heiraten. Der Mann wollte mich dazu zwingen. Seit ich fünfzehn Jahre alt war, versucht der Mann, mir seinen Willen aufzuzwingen. Wenn ich versuchte, aufzubegehren, verbot er mir das Wort. Irgendwann gab ich es auf. Ich hörte auf, dagegen an zu reden." Begann ich zu erklären. Ich nahm dankbar den heißen, aromatischen Tee und erzählte von meiner Kindheit. Endlich konnte ich reden, ohne unterbrochen zu werden. Beide Menschen lauschten meinen Worten. „Diese dämliche Hochzeit war ohne mein Wissen geplant worden. Es war eine Falle, die fast zugeschnappt wäre. Herbert hatte mich wieder mächtig unter Druck gesetzt. Im letzten Moment tauchten Chris und Gerro auf, sie retteten mich. Es ist unfair, wenn Chris deswegen in Schwierigkeiten steckt. Er hat etwas gutes getan." Erklärte ich zum Schluss.

„Leider hat der gute Mann damit erneut gegen unsere Regeln verstoßen. Er stand bereits unter Arrest, weil er mir geholfen hat, Gerda herzuholen. Das hatten die Ältesten bereits verboten. Doch ich habe lange auf meine zweite Hälfte warten müssen. Und als Chris mir berichtete, dass Gerda noch lebt, gab es kein Halten mehr für mich." Erzählte Gunnar und drückte, mit Tränen in den Augen, die Hand meiner Großmutter. „Es waren die Siebziger, Sahra. Ich habe mich rechtzeitig von der Firma Zucker-Engel verabschiedet. Ich wollte das große Gehabe mit Macht und Geld nicht mitmachen.

*Lieber half ich bei unzähligen Projekten auf der ganzen Welt. Mit meinem Geld, das Erbe meiner Großtante. Das störte meinen Bruder Harald. Das ich das Geld, das doch dem Imperium gehörte, „"verschenkte". Harald bestimmte, dass ich seinen Freund heiraten sollte. Damit er Vollmacht über mein Vermögen bekommt. Ich zeigte meinem Bruder den berühmten Mittelfinger und floh. Ab in den nächsten Flieger. Der brachte mich nach Alaska. Dort traf ich auf Gunnar." Berichtete meine Großmutter. „Es war Liebe auf dem ersten Blick." Warf Gunnar ein. Großmutter nickte. Wie bei Chris und mir, musste ich unwillkürlich denken.*

*Großmutter lächelte verträumt. „Irgendwann beichtete der Mann mir sein Geheimnis und nahm mich mit her. Es war eine wunderschöne Zeit. Doch dann hörte ich vom „Tod" meiner Eltern und musste Heim. Man suchte bereits nach mir. Das Erbe musste geklärt werden. Ich machte den Fehler, einer „Freundin" von Northtulltra zu berichten. Sie verkaufte ihr Wissen an meinem Bruder, der , nicht bereit, das Erbe zu teilen, mich einsperren ließ. Ich wurde für verrückt erklärt und* unter Drogen gesetzt, als ich zu Fliehen versuchte. Meine Tochter, deine Mutter, wurde von Harald erzogen. Davon bekam ich wegen der Drogen, nichts mit." Großmutter wischte sich das tränennasse Gesicht.

„Ich schrieb viele Briefe. Immer in der Sorge m deine Großmutter. Irgendwann kamen alle zurück. Mit dem Vermerk, Verstorben. Ich wollte los und alles klären, doch ich hatte Verbot. Damals waren unsere Regeln nach viel härter." Sagte Gunnar.

So viele Jahre verschwendet, überlegte ich bitter schluckend. Und alles nur, um das Vermögen zusammenzuhalten. Alles drehte sich um das Geld. Dafür wurden meine Verwandten sogar kriminell. Liebevoll nahm Großmutter meine Hand. „Es ist spät geworden. Lass uns schlafen gehen. Ich habe dir ein Zimmer vorbereitet." Sagte sie und zog mich hoch. Dankbar folgte ich der Frau. Es hatte keinen Sinn mehr, auf Chris zu warten. Er würde heute nicht mehr erscheinen.

## 7 Kapitel

Neugierig ging ich über den nun wieder belebten Marktplatz. Meine Großmutter hatte mich ermuntert, das Dorf etwas besser kennenzulernen. Es brachte nichts, auf Chris zu warten. Der Mann war seit gestern Abend verschwunden. Heute Vormittag war hier eine Menge los. Viele Händler hatten hier ihre Stände aufgebaut und boten verschiedene Waren an. Neugierig schlenderte durch die Stände und betrachtete die Ware. Meine Großmutter kam und gemeinsam schlenderten wir weiter. „Wir müssen warme Kleidung für dich kaufen, Sahra. In drei Tagen ist Heiligabend. Und dann findet das große Rennen statt." Erzählte Großmutter lächelnd.

Plötzlich schreckte ich auf. Chris kam den Weg runter. Erfreut winkte ich. Keine Reaktion. Der Mann beachtete mich nicht einmal. Ganz im Gegenteil, er lief in die offenen Arme einer schwarzhaarigen, jungen Frau und küsste sie leidenschaftlich. Was hieß küssen, er fraß sie fast auf, dachte ich eifersüchtig. Und das in aller Öffentlichkeit. „Was, was macht er denn da?" Fragte ich meine Großmutter erschüttert. Meine Großmutter hob kurz ihren Kopf und lächelte schelmisch. „Er küsst seine Ehefrau, Liebes. Das ist hier ganz normal. Die beiden haben letzte Woche geheiratet. Deswegen konnte Chris nicht hier weg." Erklärte sie dann, als sei es das Normalste auf der Welt. Sie beugte sich über die langen Unterhosen am Stand vor ihr und sah nicht mein erschüttertes Gesicht. Chris war verheiratet? Der einzige Mann, der es geschafft hatte, mein Herz zu erobern, hatte eine Ehefrau? Hatte Chris mich nur benutzt? Benutzt, wie es Herbert immer getan hatte? Ich hätte nie mit Chris geschlafen, hätte ich das gewusst, dachte ich völlig verzweifelt. Jetzt kam der Betrüger auch noch, mit seiner hübschen Frau im Arm, zu uns herüber. Dass war zu viel. Ich würde mich nicht beherrschen können, würde er mich jetzt ansprechen. „Ich muss weg." Flüsterte ich meiner Großmutter zu und rannte über den Marktplatz davon, Richtung der eingezäunten

*Koppel. Verwundert, nicht verstehend, sah Großmutter mir hinterher. Dann jedoch unterhielt sie sich mit Chris und seiner jungen Frau. Freundlich und lachend, so sah es aus. Mit dem Mann, der ihrer Enkeltochter das Herz gebrochen hatte.*

*„War das deine Enkeltochter, Gerda? Schade, dass sie  wegläuft. Ich habe wichtige Nachrichten für sie." Hörte ich Chris sagen. Das war mir egal. Ich lief weinend davon.*

---------------------

*Ich rannte wie gehetzt, aus dem Dorf. Erst an einer Weide stoppte mein Lauf. Ein Gatter versperrte mir den Weg. Hatte Herbert recht gehabt? Hatte mich Chris wirklich nur ausgenutzt? War ich es nicht Wert, geliebt zu werden? War ich zu naiv? Warum vertraute ich immer den falschen Männern. Jeder Mann, den ich je vertraut hatte, verletzte mich. Ich war doch nett und freundlich. Und ansehnlich. Warum also passierte das immer mir. Verdammt, tat das weh. Ich hatte mich in Chris verliebt. In seine natürliche, gradlinige Art. Typ Naturbursche. Das* er mich so hintergehen würde, hätte ich nie vermutet. „Das ist die Menschen Frau, von der alle hier sprechen. Und sie weint." Sagte eine Stimme. „ Ja, sie scheint großen Kummer zu haben." Hörte ich zwei helle Stimmen flüstern. Verwundert sah ich mich um.

Eine Männergestalt stand auf der Weide und untersuchte dort die Rentiere. Die weiblichen, erinnerte ich mich. Die Männlichen standen ja im beheizten Stall. Jetzt erkannte ich Professor Patel und kletterte über das Gatter. Den Mann hatte ich vollkommen vergessen. Er war ja hier, um das „Problem" mit den Rentieren zu lösen. „Guten Morgen, Professor. Lange nicht gesehen. Haben sie schon etwas rausgefunden?" Fragte ich freundlich. Ich trocknete mir eilig das Gesicht. Der Mann musste nicht wissen, wie erschüttert ich war. Das ging nur mich etwas an. Der Professor seufzte laut. „Guten Morgen, Sahra. Gut, dass du endlich hier bist. Ich habe noch nicht viel rausbekommen. Man lässt mich nicht alle erforderlichen Untersuchungen machen. Die Menschen hier sind nicht sehr kooperativ. Man setzt immer noch auf alte Natur Heilmittel. Jetzt bin ich hier, mir die beiden weiblichen Rentiere mit dem berühmten Stern, anzusehen. Leider weisen sie keinerlei andere Talente auf, wurde mir berichtet. Ich bin jetzt am Suchen. Die Herde ist riesig. Und keiner der anderen Männer will mir helfen. Wie soll ich die beiden Rentiere nur finden?" Fragte der Professor verzweifelt.

Mein Kopf schoss in die Höhe. „Ruhe bitte, Professor." Sagte ich. Denn ich hatte leises Kichern gehört. Ich drehte mich in die Richtung. „Psst, Schwester. Du verrätst uns noch. Das ist die Frau, die uns Rentiere verstehen kann. Und vielleicht versteht sie ja uns. Nicht wie die dämlichen Männer, die nur die männlichen Tiere verstehen wollen." Hörte ich eine hohe Frauenstimme sagen. „Entschuldige, aber ich finde es lustig. Lass die beiden doch suchen. Wir sind hier fast fünfhundert Tiere. Da haben die beiden zu tun." Hörte ich eine andere Stimme sagen. Zielstrebig ging    den Stimmen nach. „Gefunden!" Rief ich laut und blieb vor zwei Rentieren stehen. „Wehe, ihr ergreift die Flucht, ihr beiden. Dann verpetze ich euch bei den Männern." Sagte ich lachend und vergaß einen Moment meinen Kummer. Beide Rentiere senkten ihre Köpfe. „Du bist die erste, die uns versteht. Keiner der Männer kann das." Sagte das eine Tier und rieb seine weiche Nase an meiner dicken Jacke. Liebevoll strich ich ihr über das dichte Fell. „Habt ihr auch Namen? Ich heiße Sahra." Stellte ich mich vor.

„Sie sprechen also doch. Habe ich doch recht gehabt. Die Männer können sie nicht hören, weil sie nicht daran glauben. Bei ihnen sprechen nur die männlichen Tiere." Flüsterte der Professor überrascht. „Alles andere ist für sie Blasphemie. Die Ältesten denken nicht gerne um." Setzte der Mann bitter hinzu. Ich nickte verstehend. „Also, habt ihr beiden Namen?" Fragte ich neugierig. Plötzlich legte sich eine schwere Hand auf meine Schulter. „Unsere weiblichen Rentiere haben keine Namen. Das wäre vergebens. Dafür habe wir zu viele davon." Sagte Chris und wies auf die Herde. Wütend schüttelte ich seine Hand ab und ging einige Schritte. „Was willst du noch von mir,

Chris? Du bist verheiratet! Trotzdem hast du mit mir geschlafen! Was sollte das!" Fauchte ich den Mann an. Der Mann hatte die Frechheit, jetzt breit zu grinsen. Das reichte, ich hob meine Hand. Bereit Chris das dreckige Grinsen aus dem Gesicht zu schlagen. "Stopp, Sahra! Das ist nicht Chris. Das ist sein Zwillingsbruder Olaf. Chris kennen wir gut, er ist der Hüter der Rentiere." Rief jetzt eines der Rentiere kichernd. "Wie bitte? Das ist gar nicht Chris? Seid ihr euch sicher? Fragte ich überrascht und betrachtete den Mann vor mir das erste Mal genauer. Jetzt erkannte ich kleine Unterschiede, dieser Mann vor mir war etwas breiter und seine Haare dunkler. "Du bist also Olaf. Chris Zwillingsbruder." Sagte ich mit hochrotem Gesicht.

"Haben dir das eben die beiden Rentiere verraten? Dann hatte Chris also doch recht. Die beiden haben die Gabe." Sagte der Mann mit dunkler Stimme kratzend. Verlegen nickte ich. Dann wandte ich mich zu den Tieren. "Ihr seid Schwestern. Ich werde euch Elsa und Anna nennen. Was haltet ihr davon?" Fragte ich plötzlich mit erleichtertem Herzen. Dann wandte ich mich an Olaf. „Sie sind also Chris Zwilling? Warum hat er mir nichts davon erzählt. Ich hielt sie vorhin für Chris." Sagte ich halb entschuldigend. Professor Patel kam jetzt neugierig näher. Um die beiden Rentiere nicht zu erschrecken, blieb er stehen. „Sie können also reden. Und du, eine Frau, kannst sie verstehen. Das macht Sinn. Die männlichen Rentiere wurden ja auch bislang nur von den Männern verstanden. Du bist das fehlende Glied zwischen ihren Welten." Erklärte der Professor ernst. Tränen traten mir in die Augen. „Aber warum ausgerechnet ich, Professor? Was ist anders an mir?" Fragte ich und streichelte gedankenverloren die Rentiere. Dieser Olaf nahm mich etwas ungelenk in die Arme. „Du bist eine Gläubige, eine der Letzten, die noch an den Zauber von Weihnachten glaubt. An magische Tage und Nächte, an wundersame Tiere und Dinge." Sagte er dunkel. Der Professor nickte zustimmend. „Ich habe mich intensiv mit den Frauen in diesem Dorf unterhalten. Es ist wirklich so, dass keine von ihnen deinen Glauben hat,

Sahra. Du hast dir  deine kindliche Begeisterung erhalten." Bestätigte der Professor. „Aber was mich noch mehr interessieren würde. Können die beiden auch fliegen?" fragte  er und wies  auf Elsa und Anna. Beide Rentiere hoben jetzt neugierig ihre Köpfe. Das interessierte sie also auch, dachte ich amüsiert.

„Das muss man testen. Die männlichen Rentiere müssen es auch erst erlernen. Aber das Talent dafür muss vorhanden sein. Das wäre der Hammer, wenn die beiden es könnten. Das wäre die Sensation. Es würde unsere Alten zwingen, umzudenken. Das haben sie seit Jahrhunderten nicht mehr getan." Erklärte Olaf grinsend und erinnerte mich damit wieder an Chris. Wo steckte der Mann, überlegte ich jetzt wieder angespannt. „Ich habe Nachricht für dich, Sahra. Von Chris. Er wurde noch gestern, direkt nach eurer Ankunft, ins Nachbardorf verbannt. Er hat Verbot, dich zu sehen. Ist eine lange Geschichte. Du sollst dir aber keine Sorgen machen." Sagte Olaf jetzt als hätte er meine Gedanken gelesen.

„Sie soll sich keine Sorgen machen, geliebter Ehemann? Man hat Chris dorthin gesandt, weil dort Lelya wohnt. Seine „Verlobte". Hörte ich eine besorgte Frauenstimme sagen. „Hallo Sahra. Deine Großmutter schickt mich. Du sollst Heimkommen. Ich bin übrigens Nora, Olafs Ehefrau." Sagte die junge Frau freundlich. Sie reichte mir ihre Hand. Doch ich war abgelenkt. Denn Elsa und Anna flüchteten. Das war den Rentieren zu viele Menschen. Doch ihre Hufe berührten dabei nicht den Boden. Beide Tiere schwebten über die kalte Erde. Aufgeregt stieß ich den Professor an, er nickte schwer. er hatte es also auch bemerkt.

8 Kapitel

Die Ältesten hatten sich versammelt, um über mein Schicksal zu entscheiden. Ob ich bleiben durfte, oder wieder gehen sollte. Ich hatte kein Mitspracherecht. Man wollte mich nicht einmal anhören. Ihrer Meinung nach, hatte Chris sich mit meiner „Entführung" strafbar gemacht. Er hatte sich eigenmächtig in Belange gemischt, die

*Northtulltra jetzt gefährdeten. Allein, dass Chris den Schlitten vor allen Augen hatte fliegen lassen, war ein großer Skandal.*

*Ich saß mit meinen neuen Freunden zusammen und wartete auf das Urteil der Ältesten. Ich hatte Angst. Angst, dass ich hier wieder weg musste, zurück zu Herbert und meinen Eltern. Dass ich Chris nie wiedersehen würde.*

*„Noch vor fünfzig Jahre gab es ungefähr Hundert magische Rentiere. Alle männlich und äußerst begabt. Niemand machte sich da Gedanken über die weiblichen Tiere. Das große Weihnachtsrennen war da noch wirklich groß. Es traten bis zu dreißig Teams an. Jeder Schlitten war einzigartig und gehörte zu einer der Familien hier. Jede Familie verzierte seinen Schlitten mit dem Familienwappen. Das war eine große Sache." Erzählte mir Olaf. Wir saßen mit dem Professor am Lagerfeuer vor Großmutters Haus. „Seit ein paar Jahren sind es immer weniger Schlitten, die fliegen können. Wir besitzen nur noch drei Teams. Uns gehen die männlichen Rentiere aus. Es werden nur noch weibliche Tiere geboren." Setzte*

der Mann schwer seufzend hinzu. Ich verstand. „So, wie Elsa und Anna, ich verstehe. Aber warum schenkt man diesen besonderen Tieren keine Beachtung. Die Zeiten haben sich geändert." Warf ich verärgert ein. Nora schüttelte ihren wirren Lockenkopf. „Dazu sind unsere Ältesten zu stur. Es herrschen hier noch vorsintflutliche Zustände, teilweise jedenfalls. Lieber lassen sie unsere Tradition aussterben, als sich neuen Ideen zu öffnen. Oder verkaufen unsere Junggesellen." Schimpfte sie bitter. Verwundert sah ich von Nora zu Olaf. „Mein Bruder war einverstanden, Liebes. Jedenfalls vor seiner „Reise". Danach gab es eine Menge Ärger." Sagte Olaf und holte tief Luft. „Unser Dorf ist eines von dreien, die Northtulltra bilden. In jedem Dorf gab es bis vor zehn Jahren noch fliegende Tiere. Doch jetzt gibt es sie nur noch bei uns. Und zwei Stück bei unserem direkten Nachbardorf. Das sind die stärksten und jüngsten männlichen Rentiere. Sie wurden zuletzt geboren. Unsere Ältesten wollen sie für die Nachzucht bei uns gewinnen. Doch da gibt es ein Problem." Begann Olaf zu erzählen. „Der Besitzer hat eine Tochter und die ist seit Jahren in Chris *verliebt. So richtig, total durchgeknallt verliebt. Sie hat ihren Vater dazu überredet, ihre Hochzeit mit Chris von diesem Deal abhängig zu machen. Zuerst war Chris auch einverstanden. Doch dann hörte und las er von ihren Ergebnissen bei der Gen Forschung, Professor. Mein Bruder war schon immer ein Rebell und für neue Dinge offen. Er bat um die Erlaubnis, sie einzuladen, Professor. Die wurde ihm verweigert. Hier regeln wir unsere Probleme selbst. Chris flog trotzdem los und kam verändert wieder. Mit ihnen im Gepäck. Er löste seine Verlobung mit der todunglücklichen Leyla. Chris sagte, er hätte auf seiner Reise, seine zweite Hälfte gefunden."* Olaf griff sein Bier und trank.

*„Ausgerechnet auf unserer Hochzeit musste Chris die Bombe platzen lassen, der Idiot. Das führte zu einem mörderischen Aufstand. Man verbot Chris, das Dorf zu verlassen, er tat es trotzdem und holte mit Gunnar deine Großmutter her. Man setzte Chris darauf unter Arrest. Er brach aus und flog zu dir. Jetzt ist er im Nachbardorf bei Leyla. Er soll sein gegebenes Wort halten, sagte man ihm. Unser Wort ist bindend. Eine Ehe mit einer*

Außenstehenden wird nicht geduldet." Beendete Nora den Bericht. Besorgt nahm sie die Hand ihres Mannes. „Chris liebt dich, Sahra. Das weiß ich, er lässt es dir ausrichten. Er wird kämpfen. Auch, wenn er zurzeit andere Probleme hat. Diese Leyla ist blind vor Liebe." Nora seufzte schwer.

„Darf ich stören? Ich bringe dir Nachrichten von deinem Liebsten, Sahra." Sagte jetzt Gerro und kam um die Ecke. Das mächtige Rentier rieb seinen Kopf an meiner Schulter. „Wo warst du so lange, Halunke?" Fragte ich traurig. Mein Chris war bei einer anderen Frau. Einer Frau, der er die Ehe versprochen hatte. „Ich war bei Chris. Ich musste dem Kerl helfen zu flüchten. Diese Leyla ist total durchgedreht. Sie drohte, die beiden letzten Rentiere in ihrem Besitz, zu erschießen, wenn Chris sie nicht heiratet. Die braucht einen guten Psychiater, oder gleich eine Einweisung, wenn man fragt." Sagte Gerro finster schnaubend. „Das erinnert mich irgendwie an Herbert." Murmelte ich. Dann schreckte ich auf. „Chris ist geflüchtet? Wo ist er jetzt?" Fragte ich nervös. Nicht, dass ich mich verhört hatte. Allgemeines Gelächter *begleitete meine Frage. „Lass uns raten. Chris ist geflüchtet. Nicht alle verstehen das Rentier, Sahra." Sagte Nora lächelnd. Pflichtschuldig wurde ich rot. „Ja, Chris ist geflüchtet. Er hielt diese nervige Frau nicht mehr aus. Es wird von Tag zu Tag schlimmer. Leyla hört auf keinen guten Rat oder Wort. Chris hat versucht, der Frau zu erklären dass er dich liebt und immer lieben wird. Das ist Leyla egal. Sie will unbedingt Chris Ehefrau werden." Erklärte Gerro finster. „Chris ist in seiner alten Jagdhütte. Olaf kennt den Weg." Gerro schnaubte leise. „Ich will zu ihm." Sagte ich heiser hustend. Dann sah ich Olaf bittend an. „Ich brauche deine Hilfe. Und die beiden weiblichen Rentiere." Sagte ich geheimnisvoll. Mutig erhob ich mich. Ich würde nicht auf das Urteil der Ältesten warten. Ich wollte Chris endlich wiedersehen.*

--------------------

*Es war schwierig gewesen, Elsa und Anna zu überreden, ihre Herde, ihre Familie zu verlassen. Beide Rentiere fürchteten sich etwas. Sie kannten bislang nur die Weide. Doch nach einigen aufmunternden Worten waren sie Olaf und mir gefolgt. Ich hatte große Hoffnung, dass mein Plan aufging. Dazu brauchte ich aber alle Hilfe von Chris. Hoffentlich stimmte der Mann meinen Plan zu. Jetzt hielt Olaf den Schlitten vor einer alten Hütte, irgendwo, mitten im Wald. Verlegen, nervös, sah ich mich um. Hier sollte sich Chris, mein Chris verstecken, dachte ich an Gerros Worte. Das Rentier war gestern noch hergeflogen, um mich anzukündigen. Hoffentlich freute Chris sich, mich zu sehen. Doch vielleicht war er auch wütend auf mich. Wegen meiner Rettung war er in Schwierigkeiten. „Hallo? Bist du hier, Chris?" Rief ich nervös, was die nächsten Minuten bringen würden. Nichts regte sich, es blieb still.*

*„Der Idiot ist weg. Man hat ihn wieder eingefangen. Irgendjemand hat sein Versteck verraten. Und Chris war so voller Vorfreude auf Sahra, dass er unvorsichtig wurde. Er ist in den Wald, Feuerholz sammeln. Damit ihr es warm habt. Dabei wurde er überrascht. Jetzt sitzt er wieder in Ost-Northtulltra im Arrest." Erklärte*

*Gerro und trat aus dem Wald. Das Rentier stoppte vor Elsa und Anna. Beide Tiere machten aufgeregt einige Schritte rückwärts. „Hallo Töchter. Endlich lernen wir uns kennen." Sagte Gerro brummend. Beide Tiere schwiegen eingeschüchtert. „Begrüßt euren Vater, Mädels. Er weiß, dass ihr die Gaben habt." Ermunterte ich die schüchternen Tiere. „Hallo, Vater." Sagte jetzt Anna mutig und senkte respektvoll ihren Kopf. Gerro brummte stolz. „Es stimmt also. Ihr könnt es. Und die ganze Zeit wurdet ihr nicht beachtet. Weil unsere Ältesten stur und borniert sind. Es tut mir so leid." Sagte er und rieb seinen Kopf an seine Töchter.*

*Olaf seufzte jetzt laut auf. „Ich vermute, Vater hat Chris verraten. Unser Vater ist einer der Ältesten und sieht Chris Verhalten als Verrat. Verrat an der Gemeinschaft. Immerhin hatte Chris sein Wort gegeben, Leyla zu heiraten. Und das hat er gebrochen." Erklärte er dann nachdenklich. „Ich habe versucht, mit Vater zu reden. Zwecklos, er ist sehr stur. Er stellt ein gegebenes Wort über wahre Liebe." Olaf unterdrückte einen derben Fluch. Ich kämpfte mit meinen Tränen. Das wäre bei der*

Kälte heute unschön. „Was passiert jetzt mit Chris?" Fragte ich heiser. Olaf half mir aus dem Schlitten. Wir würden erstmal hierbleiben. Zur Heimfahrt war es zu spät geworden. „Sie werden Chris unter Bewachung stellen. Bis du gefunden und weggebracht wurdest. Man hofft, wenn du erst einmal weg bist, Chris sich besinnt. Dass du dich dann wieder deinem Herbert zuwendest. Immerhin bist du mit dem Mann verlobt. So denken unsere Ältesten. Sie alle haben nicht aus Liebe geheiratet, scheint mir." Sagte Olaf finster.

„Wir müssen Chris befreien, das steht fest. Dafür musst du deinen Töchtern das Fliegen lehren, Gerro." Sagte ich streng. Gerro nickte schwer und führte Elsa und Anna in den gemütlichen Stall neben der Hütte. Beide Rentiere zögerten, sie kannten kein Dach über ihre Köpfe. Erst nach dem dritten Anlauf standen beide Tiere im warmen Stall. Gerro schüttelte gespielt verzweifelt seinen mächtigen Kopf. „Wieviel Zeit habe ich, bis die beiden fliegen müssen? Sie haben ja gar nichts gelernt. Das wird Monate dauern, bis sie es richtig können." Sagte er verärgert. Ich lächelte schmal.

„Du hast genau noch zwei Tage Zeit dafür. Die beiden werden beim Schlittenrennen mitmachen. Auch, wenn eure Ältesten davon noch keine Ahnung haben. Übrigens, ich brauche noch einen Rennschlitten, Olaf. Woher bekomme ich so etwas?" Fragte ich schief grinsend. Olaf erschien in der urgemütlichen Stube und reichte mir einen Becher heißen Tee. Der kam genau richtig, dachte ich und nippte dankbar. „Den Schlitten kann ich dir bringen. Unser Familienschlitten. Mit dem nahmen wir bis vor ein paar Jahren noch am Rennen teil. Da besaßen wir noch zwei fliegende Rentiere. Gerros Bruder starb leider. Der Schlitten steht seitdem in unserem Schuppen. Ihr müsst nur die Mädels zum Abheben bewegen. Das wird schwierig werden." Sagte Olaf leicht verzweifelt. Auch Gerro verdrehte seine Augen.


9 Kapitel

„Sieh es doch endlich mal ein, Leyla. Ich habe meine andere Hälfte gefunden. Und das bist nun mal nicht du. Ich werde Sahra nicht verraten, nur damit meine Familie wieder zu fliegenden

Rentieren kommt. Das musst du doch einsehen. Ich liebe dich nicht. Das habe ich noch nie. Es war ein Fehler, die Verlobung mit dir einzugehen." Sagte Chris schwer schluckend. Seit Tagen saß er hier, gefangen in dem kleinen Haus. Nur besucht von Leyla. Einer, zugegeben, recht hübschen Frau. Seiner Exverlobten. Nur, dass diese Frau sich so dermaßen in ihren Gefühlen verrannt hatte, dass sie alles ignorierte, was Chris auch sagte. Jetzt stand sie in ihrem „Hochzeitskleid" vor Chris und wollte sich bewundern lassen. „Meine Mutter und ich haben drei Monate daran gearbeitet. Ist es nicht wunderschön geworden, Chris? Ich werde dir eine perfekte Braut werden. Mutter sagt, ich würde schöner werden als Nora neulich. Es wird eine fantastische Feier werden. Erst gewinnen unsere starken Rentiere das Rennen, dann heiraten wir. Unsere Rentiere werden für eine Menge fliegenden Nachwuchs sorgen, versprochen. Wenn ich erst Leyla Hammeln bin." Sagte Leyla, Chris Worte ignorierend. Sie drehte sich lachend im weißen Kleid. „Der Ältestenrat hat beschlossen, das dein „Besuch" gehen muss-dieser alte Professor und die junge Frau sind ohne

*Erlaubnis hier. So, wie sie gefunden wurden, bringt man sie weg. Dann herrscht endlich wieder Ruhe in eurem Dorf. Die Ältesten werden dann einen bann verhängen, der ihre Rückkehr unmöglich macht. Du siehst, Geliebter, nichts wird unsere Hochzeit stören." Sagte Leyla als Chris frustriert schwieg. Was sollte er auch noch dazu sagen. Die junge Frau wollte nicht hören. Er dachte wieder an Sahra. Er hätte ihr reinen Wein einschenken sollen und ihr von seiner „Verlobung" erzählen müssen. Doch er hatte Angst vor deren Reaktion. Dieser Herbert hatte Sahra schon genug zugesetzt. Sahra war ein gebranntes Kind, so sagte man wohl. Er liebte die Frau vom ersten Augenblick an und wollte sie nicht verlieren. Hoffentlich nahm Sahra ihn das hier nicht übel.*

*„Vater will unsere Hochzeit zum Jahreswechsel. Dann haben alle Zeit." Erzählte Leyla weiter. „Dein Vater wählt gerade zehn weibliche Rentiere aus, die wird er mitbringen zu unserer Hochzeit. Dann haben meine Prachtburschen genug zu tun. Ebenso wie du, Geliebter. Das werden herrliche Flitterwochen." Schwärmte sie weiter. „Ich werde*

bestimmt schnell schwanger. Das liegt bei uns in der Familie. Dann bist du Vater, das wird dich ruhiger werden lassen." Sagte die Frau weiter. Chris fluchte unanständig. Es war ihm egal, dass Leyla das Gesicht verzog. „Sag mal. Merkst du es wirklich nicht? Ich werde dich nicht heiraten! Ich habe meine wahre liebe gefunden. Sahra hat Northtulltra Blut in den Adern und gehört hier her. Ich werde nur sie heiraten. Egal wie lange ihr mich hier festhalten wollt. Ich habe mit Sahra geschlafen, es war fantastisch. Vielleicht ist sie bereits schwanger von mir. Sie und nur sie wird die Mutter meiner Kinder werden." Schnauzte er wütend los.

Leyla lächelte nur und strich Chris das lange Haar aus dem Gesicht. „Man wird diese Männerstehlende Frau finden und weit fortbringen. Dann wird es sein, als ob es sie nie gegeben hätte. Wir beide werden ein schönes Paar abgeben. Ich werde Mrs. Christian Hammeln werden. Vergiss diese andere Frau, Geliebter." Sagte sie dann und nahm das Tablett. „Du solltest mehr essen, Geliebter. Du wirst deine

*Kraft noch brauchen." Die Tür klappte und Chris war wieder allein. Er hörte den schweren Riegel einrasten. Noch einmal würde er nicht fliehen können.*

--------------------

*Es war bitterkalt. Und ich war froh, dass mich Olaf begleitete. Mitten in der Nacht, war diese, sonst so schöne Gegend, unheimlich. Wie hinterwäldlerisch ist das denn! Wird Chris wirklich gefangen gehalten, weil er sich weigert, diese Leyla zu heiraten?" Fragte ich wohl das vierte oder fünfte Mal. „Das ist doch lächerlich." Sagte ich verärgert und lenkte den Schlitten zu der etwas abseits stehenden Hütte. Wir lebten im einundzwanzigsten Jahrhundert! Da durfte man seine Meinung doch mal ändern, dachte verärgert. Niemand sollte deswegen gefangen werden.*

*Gerro flog neben uns und hielt seine Töchter unter Beobachtung. Sie zogen das erste Mal in ihrem Leben einen Schlitten. Beide Tiere hatten überraschend schnell das Fliegen gelernt, selbst Gerro war beeindruckt. Jetzt waren wir auf dem*

*Weg, Chris zu befreien. „Da schimpft die falsche Person. Waren es nicht Chris und ich, die dich vor einer ungewollten Trauung gerettet haben, liebste Sahra? Wer lag mit einem Fuß schon im Ehebett?" Fragte Gerro jetzt lachend. Mit hochrotem Kopf nickte ich. „Du hast recht, Rentier. Ohne eure Hilfe hätte Herbert mich so unter Druck gesetzt, dass ich schlussendlich nachgegeben hätte. Ich revanchiere mich jetzt und rette Chris." Gab ich lächelnd zu. Ich würde mir meinen Mann zurückholen.*

*„Verdammt, diese Leyla ist klüger als gehofft. Sie hat ihre fliegenden Rentiere freilaufen lassen. Das bedeutet, die beiden werden sofort Alarm schlagen, wenn sich jemand der Hütte nähert. Rentiere sind hervorragende Wächter. Sie hat also dazugelernt." Fluchte Olaf und brachte den alten Schlitten etwas weiter zur Landung. „Was jetzt? Die beiden werden uns umgehend verraten, kaum dass wir einen Fuß auf die Lichtung setzen." Flüsterte Olaf wütend. Sein Atem gefror. Gerro nickte. „Und in einer Stunde geht die Sonne auf. Dann erwacht das Dorf zum Leben. Heute findet*

*das große Rennen statt. Da ist jeder hier früh auf den Beinen." Sagte Gerro finster. Er sah seine Töchter an. Dann grinste das Rentier teuflisch. „Was halten meine Mädels von den starken, hübschen Kerlen dort drüben, auf der Lichtung? Wären das nicht Leckerbissen? Ich denke, die beiden könnten etwas Spaß vertragen." Fragte Gerro.*

*„Also. Ich hätte nichts gegen neue Bekanntschaften, oder du, Anna? Die beiden sind wirklich Prachtexemplare. Okay, wir lenken die beiden ab." Sagte Elsa kichernd. Olaf befreite Rentiere vom Geschirr und sah sie streng an. „In fünfzehn Minuten wieder hier. Und keine Dummheiten ihr beiden. Ihr wisst, was ich meine." Sagte er ernst. „Okay, Olaf. Aber was sind fünfzehn Minuten?" Fragte Anna und sah mich fragend an. Ich lächelte und wiederholte ihre Worte für Olaf. Der Mann verdrehte seine Augen. „Ich schicke euch Gerro. Er wird euch holen. Ihr lockt die anderen Rentiere so weit weg, wie ihr könnt. Das ist wichtig." Erklärte Olaf und sah den beiden Rentieren hinterher.*

„Das wird kein Problem werden, Menschen. Meine beiden Töchter sind brünstig. Die beiden Kerle werden ihnen gerne folgen." Erklärte Gerro lachend. Ich wurde feuerrot, trotz meiner Ausbildung. „Du schickst deine Töchter los, Sex zu haben?" Fragte ich verlegen. Gerro grinste breit. „Menschen, dass ihr immer ein Problem damit habt. Ihr macht es gerne. Doch darüber reden ist nicht. Die beiden sind alt genug dafür. Und wenn wir Chris befreit haben, werden wir die beiden Kerle dort wohl nicht wiedersehen, oder? Das hier könnte die letzte Möglichkeit für fliegenden Nachwuchs sein." Erklärte Gerro ernst. Er schritt auf die dunkle Lichtung. Alle vier Rentiere waren im Wald verschwunden. „Kerle. Denken alle nur mit ihrem....Fortpflanzungsorgan." Flüsterte Olaf kichernd. Wir waren an der Hütte angekommen. Der große Riegel versperrte den Eingang. „Diesmal geht die Durchgeknallte wohl auf Nummer sicher. Der Riegel ist neu." Sagte Gerro brummend. Olaf kniete sich vor die Tür und untersuchte den schweren Riegel. Dicht dahinter verharrte Gerro. Ich jedoch ging um die Hütte herum. wenn ich eines aus meiner bescheidenen

*Kindheit gelernt hatte, dann, dass es mehr als einen Weg für eine Flucht gab. Seit Herbert in meine Leben geplatzt war, wurde ich eine Meisterin darin. Und richtig. Ich sah auf der Rückseite ein Fenster, dass von außen mit zwei schweren Fensterläden gesichert war. Auch die waren durch ein Schloss gesichert. Doch das war keine Hürde für mich. Mit einem schweren Stein schlug das Schloss aus seiner Halterung und öffnete die schweren Fensterläden. Dann klopfte ich leise an das Fenster: Chris schreckte aus seinem Dämmerschlaf, wie mir schien. Verwundert kam er ans Fenster und öffnete es. „Sahra? Du kommst mich retten? Du bist noch hier? Du bist mir nicht böse, weil ich dir meine Verlobung verschwiegen habe?" Fragte er verschlafen. Statt einer Antwort zog ich seinen Kopf zu mir und küsste ihn. „Das besprechen wir später. Wir sollten hier verschwinden, Chris. Oder willst du hierbleiben?" Fragte ich danach lächelnd. Chris schob mich beiseite und kletterte hastig aus dem Fenster. Überglücklich schwenkte er mich herum. „Beantwortet das deine Frage?"*

*Sagte er breit grinsend. Lachend zog ich Chris um die Hütte.*

*Olaf und Gerro saßen immer noch vor dem Riegel und beratschlagten. „Jungs, wir können los." Sagte ich kichernd. „Nicht jetzt, Sahra. Wir haben es gleich. Oder willst du ohne Chris fahren?" Fragte Olaf genervt. Der Mann sah nicht einmal auf. Chris räusperte sich vernehmlich. „Werde jetzt bloß nicht krank, Sahra. Das hört sich gar nicht gut an." Sagte Gerro, auch er war auf den Riegel konzentriert. Jetzt war es um Chris geschehen. „Jungs, danke für euren Rettungsversuch. Doch bin schon frei. Wir sollten hier verschwinden." Sagte er lachend. Vor Schreck fiel Gerro auf seinen dicken Po. Das sah zu lustig aus. Doch dann wurde ich ernst. Denn die ersten Lichter gingen in den Häusern hinter uns an. Das Dorf erwachte zum Leben. Es wurde höchste Zeit, zu flüchten. „Ich erkläre es euch später. Jetzt brauchen wirr erst einmal Elsa und Anna." Sagte ich, während wir zum Schlitten zurückliefen. „Anna und Elsa? Ist die Eiskönigin hier und hilft uns?" Scherzte Chris. Doch ich spürte seine*

*Anspannung. Das alles hier, hatte dem Mann sehr zugesetzt. Zum Glück erschienen jetzt unsere Rentiere. Sie rieben ihre Köpfe ein letztes Mal an die anderen Tiere, dann kamen sie auf direkten Weg zum Schlitten geflogen. „Da brate mir doch jemand einen Storch. Sind das deine Töchter, Gerro? Und sie können fliegen? Können sie auch sprechen?" Fragte Chris überrascht. Leicht geschockt, blieb er stehen. Energisch riss ich den Mann mit mir. Im Dorf gingen jetzt die Türen auf und Stimmen waren zu vernehmen. „Ja, sie können reden. Aber nur mit mir." Sagte ich atemlos. Immer noch geschockt, schwang sich Chris auf Gerros Rücken, dann hob er ab und wartete ungeduldig auf unseren Schlitten. Erst als auch der in der Luft war, stieß Chris einen lauten Freudenruf aus. „Ich wusste vom ersten Augenblick an, dass du die richtige für mich bist, Sahra Engel! Du bst das fehlende Glied bei den Rentieren." rief er jubelnd.*

*„Kindskopf." Brummte Gerro zufrieden.*

## 10 Kapitel

„Chris ist ein spontaner Idealist, Sahra. Das genaue Gegenteil von mir. Wir sind wie Tag und Nacht. Chris befürwortet den Fortschritt. Er war schon immer der Meinung, dass die weiblichen Rentiere sprechen und fliegen können. Es läge nur an der richtigen Person, mit dem richtigen wahren Glauben. Es ist ein Wunder, dass er dich gefunden hat." Erklärte mir Olaf heiser. Er lenkte den Schlitten zu einer kleinen Insel, inmitten eines zugefrorenen Sees. „Ich muss dir etwas gestehen. Zu Anfang, als Chris Heim kam und von dir berichtete, er sagte, dass er seine Verlobung lösen wollte. Dir zuliebe. Da war ich  auf Seiten der Ältesten. Ich habe mich über dich klug gemacht. Es steht eine Menge über deine Familie im Internet. Und meistens kommst du nicht gut dabei weg. Ich dachte, du spielst  nur mit Chris. Ein letztes Abenteuer vor deiner Hochzeit. Doch Chris bat mich, dir eine Chance zu geben. Ich lernte dich kennen und  schätzen, Sahra. Chris hat glück mit dir." Sagte der Mann lachend. Dankbar küsste ich seine Wange.

„Vorsichtig, Bruderherz. Ich bin zwar dankbar für deine Fluchthilfe. Aber ich bin auch eifersüchtig. Diese Frau gehört mir." Sagte Chris und hob mich aus dem Schlitten. Er küsste mich liebevoll. Dann nahm er meine Hand und führte mich etwas abseits. „Es tut mir leid, dass ich dir meine Verlobung verschwiegen habe, Sahra. Aber ich hielt die Sache für erledigt. Ich habe es Leyla gleich nach meiner Rückkehr gesagt. Und sie schien es gefasst zu nehmen. Doch auf der Hochzeit meines Bruders merkte ich, dass die Frau jedes meiner Worte ignoriert hatte. Leyla hat niemanden von unserer Trennung erzählt. Sie bestand weiterhin auf die Hochzeit. Nach dem Krach danach, dachte ich echt, das Thema wäre jetzt endlich erledigt. Doch dann kam ich mit dir hier an und den Rest kennst du. Mein Vater sandte mich ins Ost-Dorf, um es endlich zu klären. Dort hast du mich heute gefunden. Ich bin so glücklich. Ich dachte, du wärst tief gekränkt, wieder abgereist. Verstehen könnte ich es. Ich bin ein

Idiot." Sagte er zerknirscht. Ich musste ein Kichern unterdrücken. „Das bist du, Chris Hammeln. Aber du bist mein Idiot. Ich gebe dich nicht wieder her." Sagte ich leise und zog seinen Kopf zu mir. Genug geredet, dachte ich zufrieden.

----------

Das alljährliche, große Schlittenrennen war fast vorüber. Auch der letzte Schlitten überquerte die Ziellinie. Es war, wider Erwarten, der Schlitten aus Ost-Northtulltra. Viele der Männer, hatten eine Menge Geld auf den Sieg dieses, von den starken Tieren gezogenen Schlitten, gesetzt. Sie waren verwundert, wütend, sprachlos. Doch beide Rentiere waren total erschöpft. Keiner verstand, warum es so war. Es waren doch gesunde, starke Tiere, denen der Parcours leicht fallen müsste. Jetzt kam diese Leyla wütend über die Strecke gelaufen. „Was ist mit den beiden Tieren los? Sie sollten doch gewinnen! Was wird hier gespielt! Wer hat etwas damit zu tun? Die Tiere waren doch fit." Schrie sie aufgebracht. „Erst verschwindet Chris erneut und dann versagen meine Rentiere! Das ist doch Schiebung!" Schrie sie weiter als niemand sie beachtete.

„Was soll das heißen, mein Sohn ist erneut verschwunden. Hast du mir nicht Nachricht gebracht, dass alles klar zwischen euch sei und Hochzeit nichts mehr im Wege stehen würde?" Fragte jetzt der Älteste Hammeln erstaunt. „Warum sollte Chris seine Meinung wieder ändern." Der Mann besah sich die beiden Rentiere der jungen Frau und grinste dann breit. Er ahnte, warum die Tiere so erschöpft waren. Immerhin wurde ihm berichtet, dass zwei weibliche rentiere von seiner Weide verschwunden waren. Er war alt, nicht senil und konnte sich sein Teil denken. Und er kannte seinen waghalsigen Jungen Chris.

Obwohl, Chris war doch seit Tagen bei dieser unangenehmen Person Leyla. Ja, selbst er mochte die Frau nicht. Doch der Fortbestand der fliegenden Rentiere hing davon ab, dachte er schwer. Leyla war mehr als wütend. „Weil ihr es nicht schafft, die andere Frau aus dem Weg zu räumen! Deswegen ist mein Geliebter wieder geflüchtet! Irgendjemand hat Chris befreit. Das war bestimmt das andere Weib, sie hat mir meinen Mann gestohlen. Sie hat Chris Gedanken vernebelt. Bestimmt hat sie auch etwas mit dem Versagen meiner rentiere zu tun. Meine Familie hat viel Geld auf deren Sieg gesetzt und alles verloren." Schrie diese Leyla jetzt und griff sich ein Gewehr. „Ich werde die beiden erschießen. Dann ist es vorbei mit der Legende von Northtulltra. Wenn ich nicht glücklich werden darf, soll es auch kein anderer!" Schrie sie und hob die Waffe. Stille trat ein, jeder heilt den Atem an. War das wirklich das Ende von den fliegenden Rentieren?

„Es reicht! Du brauchst einen sehr guten Arzt. Du bist ja vollkommen verrückt." Schnauzte jetzt Olaf wütend und entrang der Frau das Gewehr. „Und es ist lange noch nicht das Ende der fliegenden Rentiers. Seht mal zum Himmel. Chris möchte sich verabschieden. Er wird mit seiner zukünftigen Frau Northtulltra verlassen. Ist Sahra hier nicht willkommen, ist er es auch nicht, sagt mein Bruder." Erklärte Olaf schwer schluckend. Jeder der Anwesenden sah jetzt in den Himmel. Dort flog der alte Familienschlitten der Familie

Hammeln, gezogen von zwei fliegenden Rentieren.


Daneben flog stolz Chris auf Gerro. „Wer lenkt den Schlitten, Olaf? Und was sind das für fliegende Tiere. Es sind doch alle fliegenden Rentiere hier." Sagte der Älteste Hammeln schwer schluckend. Sein Sohn grinste zufrieden. Diese Überraschung hatte funktioniert. Das würde die Ältesten zum Umdenken zwingen, da war er sicher. Gut gemacht, Chris und Sahra, dachte er still. „Das sind Gerros Töchter, Vater. Und sie sind wesentlich klüger und talentierter als unsere männlichen Rentiere. Doch ihr habt ihnen keine Beachtung geschenkt und auf die Weide gestellt. Dabei haben die beiden nur die richtige Person gebraucht. Eine wahrhaft Gläubige, Chris zukünftige Frau Sahra. Sie kann mit den beiden sprechen und sie fliegt auch unseren Familienschlitten." Olaf schwieg einen Moment, um seine Worte wirken zu lassen. „Die beiden weiblichen rentiere sind Töchter von Gerro. Sie gehören also in Chris Herde. Es sind seine Tiere. Er wird die beiden mitnehmen und seine eigene Herde gründen. Der Anfang ist gemacht." Erklärte Olaf Augenzwinkernd. Dann nahm er die Hand seiner Frau. Nora winkte dem davonfliegenden Schlitten lange nach.

Leylas Vater wandte sich jetzt an Olaf. „Ich habe sehr viel Geld heute verloren. Und meine rentiere sind bei mir nicht mehr sicher. Leyla ist alles zuzutrauen. Dein Bruder tat gut daran, unsere Gemeinschaft zu verlassen. Möchtest du meine Pracht Burschen kaufen? Dann weiß ich sie in Sicherheit. Ich muss etwas wegen Leyla unternehmen und habe keine Zeit für die beiden." Sagte der Mann schwer. unsicher sah Olaf seinen Vater an. Was würde der alte, sture Mann dazu sagen? Würde er dem Kauf zustimmen? Es wäre das erste Mal in der Geschichte Northtulltras, dass fliegende Rentiere ihren Besitzer wechselten. Der älteste sah den davonfliegenden Schlitten hinterher. Den einen Sohn hatte er schon verloren, dachte er schwer. wenn er sich jetzt quer stellte, würde er Olaf auch verlieren. „Wir werden die beiden Kerle zusammen kaufen, Sohn. Unsere

*Weiber auf der Weide werden sich freuen. Und die beiden können sich austoben. Für den Fortbestand Northtulltras." Sagte er, wissend, dass es eine Menge Ärger im Ältestenrat nach sich zog. Doch in einem hatte Chris recht. Die Zeiten änderten sich. Wenn sie sich nicht mit änderten, würden sie untergehen. Das hatte er begriffen und das musste der Rat auch begreifen. „Fliegende, weibliche Rentiere. Ja die Zeiten ändern sich." Murmelte der Älteste Hammeln.*

-----------------

*Ich landete den Schlitten im Garten des Professors. Chris kam zu mir und legte seinen Arm schweigend um mich. Seit unserer „Flucht aus Northtulltra" war mein Mann sehr still geworden. Ich spürte, seine Heimat auf unbestimmte Zeit zu verlieren, belastete ihn stark. Immerhin war er tief mit Northtulltra verbunden und hatte alles getan, um das Aussterben der fliegenden Rentiere zu verhindern. Leider wurde sein Einsatz nicht gewürdigt, dachte ich wieder und besah mir den einfachen Golddring an meinem Finger. Chris und ich hatten unterwegs geheiratet. Ich war jetzt*

Mrs. Sahra Hammeln, stolze Frau von Christian Hammeln. Sein einfacher Goldring machte mich stolzer als der große Klunker, den mir damals Herbert angesteckt hatte, überlegte ich glücklich. Doch mein Mann hatte Kummer und das betrübte mich. „Wir werden uns eine eigene Heimat schaffen, Chris. Irgendwo, wo unsere Tiere und Kinder in Frieden und Sicherheit aufwachsen können" Sagte ich leise, versprechend. Ich wusste, Chris würde seine große Familie vermissen. Doch er hatte sich für ein Leben mit mir entschieden. Er würde es schaffen. Und vielleicht beruhigte sich die Situation in Northtulltra ja und es wäre möglich, sie alle dort wiederzusehen. Zeit heilte ja bekanntlich.

Wir hatten beschlossen, die Rentiere erst einmal beim Professor zu lassen. Der Mann hatte wesentlich mehr Platz dafür. Und der angrenzende Wald, bot guten Schutz. Ich würde meine Eltern aufsuchen und mir mein Erbe zurückholen. Es war mein Geld, ich war erwachsen. Mein Vater hatte kein Recht, Herbert die Vollmacht darüber zu erteilen. Ich fürchtete mich, mit meinem Vater zu sprechen. Doch ich hatte jetzt Chris an meiner Seite, das beruhigte mich.

Wir schoben den alten Schlitten in die Garage und verschlossen diese sorgfältig. Denn der Schlitten hatte bereits genug Aufmerksamkeit erregt. „Lass uns nachhause fahren, Liebes. Ich bin müde. Und ich möchte endlich mit meiner Frau allein sein." Sagte Chris breit grinsend. Er erinnerte mich daran, dass wir seit unserer Trauung keine ruhige Zeit für uns allein hatten. Das war der Preis, wenn man mit drei sprechenden Rentieren unterwegs war, dachte ich schmunzelnd. „Gerne, der Professor hat uns ein Taxi gerufen, Chris. Ich freue mich auf unser kleines Haus. Und darauf, meinem Mann in die Arme zu nehmen. Ich liebe dich, Großer. Seit ich dich im Graben liegen sah." Sagte ich liebevoll. Chris lächelte sanft, wie ich das liebte. „Und ich liebe dich, seit ich in der Nacht wach wurde und dich neben mir liegen sah. Du lagst dort, so selbstverständlich, so, als du dorthin gehören würdest. Seit Anbeginn der Zeit. Da wusste ich, dass ich Leyla nie heiraten durfte, dass *du meine andere Hälfte bist. Das Schicksal hat es gut mit uns gemeint." Sagte Chris. „Eher Gerro.. wäre er mir nicht vors Auto geflogen, hätte ich dich nie entdeckt. Dann wäre ich an meinem Glück vorbeigefahren." Scherzte ich. Genug der trüben Gedanken, dachte ich. Lieber auf die Zukunft freuen.*

*„Schweden, wir werden uns in Schweden unser eigenes Northtulltra erbauen. Was hältst du davon?" Fragte Chris jetzt und ging in Gedanken den Aufbau durch. Statt einer Antwort, zog ich seinen Kopf zu mir und küsste den Mann. Meinen Mann.*

*Epilog*

*Fünf Jahre später*

*„Aufwachen, Liebling. Da möchte dich jemand begrüßen. Elsa hat heute Nacht Zwillinge zur Welt gebracht. Einen Jungen und ein Mädchen. Und*

beide Neugeborene sprechen. Selbst ich kann das Mädchen verstehen, das ist das erste Mal." Weckte mich mein Mann aufgeregt. Ich war sofort hellwach und strahlte. Unsere kleine Herde wuchs zusehends. Sie bestand jetzt aus zwanzig fliegenden Tieren. Männlich, wie weiblich. Das lag auch an Olaf. Chris traf sich oft heimlich mit seinem Zwillingsbruder und brachte unsere Rentiere „Zusammen".

Wir hatten uns ein riesiges Landstück im hohem Norden Schwedens gekauft. Weit ab der Zivilisation, der anderen Menschen. Dort hatten wir uns ein kleines Paradies geschaffen. Vor drei Jahren waren meine Großmutter und Gunnar zu uns gezogen. Gunnar half Chris jetzt bei der Rentierherde. Das war bei dem Zuwachs sehr nötig. Ich war dankbar, dass mein Leben so wundervoll geworden war. Im Zimmer nebenan schliefen unsere dreijährigen Zwillinge Leif und Emmy. Die beiden machten uns viel Freude. Kurz wurde ich traurig. Ich hatte zur der Geburt der beiden, meinen Eltern einen Brief geschrieben, es war nie eine Antwort gekommen. Ich erfuhr nur aus den Zeitungen, was sich im Hause Zucker-Engel zutrug.

Vater hatte mich zähneknirschend ausgezahlt. Damals wütend über meine Hochzeit mit Chris. Gerne hätte er mich ohne einen Cent rausgeworfen. Doch das war unmöglich gewesen. Wie sich rausstellte, gehörte mir ein großer Aktienanteil. Das hatte ich Herbert zu verdanken. Der Mann hatte, von unserer Hochzeit ausgehend, Aktien auf meinen Namen umschreiben lassen. Und davon eine ganze Menge. Kein Wunder also, dass der Mann so hinter einer Ehe mit mir her war. Mit mir an seiner Seite, wäre er der unumstrittene König des Zuckers geworden. Herbert war kurz danach abgetaucht und verschwunden. Ich hatte den unangenehmen Menschen nie wiedergesehen. Meine Eltern lebten jetzt einsam, allein in ihrem Protz Bau, wie Gerro die riesige Villa einmal bezeichnet hatte. Mich interessierte das nicht weiter. Ich hatte sie von ihren Enkelkindern informiert. Meine Pflicht war erfüllt. „Zwei Rentierbabys. Ein Junge, ein Mädchen. Sind das die Seelentiere unserer Zwillinge? Hat das Schicksal wieder gesprochen?" Fragte ich Chris sanft und strich meinem Mann das lange Haar zurück. Ich musste an Gerro denken. Unser Freund war jetzt alt und verbrachte seine meiste Zeit, vor dem warmen Kamin. Nur sehr selten flog er noch draußen herum. wir genossen jeden Tag, der uns mit ihm vergönnt war.

„Das wird sich zeigen, Liebes. Aber etwas anderes. In vier Wochen ist Weihnachtenn. Mein Vater hat uns eine Einladung überbringen lassen. Er würde sic freuen, wenn wir mit einen oder auch zwei Schlitten, am großen Rennen teilnehmen würden. Dieses Jahr dürfen das erste Mal auch Frauen daran teilnehmen. Du wärst die erste Frau. Gunnar und ich bauen bereits an einem Schlitten für dich. Du trittst dort gegen mich an, Liebes. Es wird unsere neue Tradition werden." Lockte mich Chris jetzt breit grinsend. Ich wusste, wie sehr der Mann seine große Familie vermisste. „Na, dann werde ich mal den Professor anrufen. Einer muss sich ja um unsere Herde kümmern, wenn wir unterwegs sind. Und dann werde ich packen. Es wird Zeit, dass dein Vater seine Enkelkinder kennenlernt." Sagte ich kichernd und zog Chris zu mir ins warme Bett. Ich würde am großen Schlittenrennen gegen Chris antreten dürfen. Elsa und Anna würden alles geben, um zu gewinnen. Die beiden Tiere waren sehr ehrgeizig.

Das würde ein großer Spaß werden, davon war ich überzeugt.